DIREÇÃO-GERAL DO LIVRO, DOS ARQUIVOS
E DAS BIBLIOTECAS

Edição apoiada pela DGLAB
Direção-Geral do Livro, dos
Arquivos e das Bibliotecas

O lugar das árvores tristes

Lénia Rufino

Aos meus pais, que me deram as raízes

Aos meus filhos, que as herdaram.

1

Isabel não tinha medo dos mortos. Encontrava um conforto peculiar enquanto andava por entre as sepulturas, a limpar aqui e ali o pó das inscrições nas pedras tumulares, a passar os dedos pelas fotografias envelhecidas, muitas delas de pessoas que nunca conhecera, a imaginar histórias para aqueles cujas causas da morte desconhecia e a recordar episódios que diziam respeito aos outros que, de alguma forma, tinham cruzado a sua vida. Além dos mortos, era com os livros que gastava o seu tempo. Preferia o silêncio e a solidão, e encontrava isso em ambas as coisas. Mesmo nos dias em que ficava na soleira da porta a ler, absorta nas palavras que lhe corriam em frente aos olhos, bastava ouvir o portão ranger para saber que os mortos tinham companhia — alguém teria ido matar saudades, lavar as sepulturas, mudar a água às flores ou endireitar as jarras esborceladas que acolhiam arranjos de plástico, numa espécie de morte a imitar a vida. Isabel ia ao cemitério amiúde e comparecia a todos os funerais, não só porque era costume e porque nas terras pequenas toda a gente se conhece, mas porque encontrava uma estranha forma de paz nos enterros, naquela despedida que deita corpos à terra e memórias ao esquecimento.

Teria uns sete anos quando entrou no cemitério pela primeira vez. Isabel passava os dias de verão com a tia Graça, enquanto a mãe ia trabalhar. Naquele dia, por não ter com quem a deixar, a tia levou-a consigo ao funeral de Maria, mulher gordíssima que exigiu um caixão maior do que a norma, e pares de braços adicionais para a descer à terra. Nunca esqueceu esse funeral nem os gritos da filha da morta, transida de medo, sem saber a que voltar quando toda a terra repousasse em cima da mãe, única companhia que a vida lhe dera. Nunca esqueceu a saia verde-água que vestia nesse dia nem a forma como pediu à tia que a deixasse ficar em casa, coisa que lhe foi negada por ser demasiado nova. Não entendeu como podia ser demasiado nova para ficar sozinha em casa, mas não para ir a um funeral.

Acompanhou a tia no cortejo fúnebre que percorria a aldeia de uma ponta à outra, perdida entre o calor do verão alentejano e o medo do que ia ver. Ficou muito quieta, sempre escondida atrás da tia, enquanto o padre falava. Surpreendeu-se com as palavras tristes e com a grossura das cordas que foram necessárias para descer o caixão. Estremeceu com o som do choro ininterrupto e selvagem da filha agora órfã, agora sozinha no mundo, depois de enterrada a única pessoa que lhe sobrava. O som da terra a cair sobre a madeira ficou gravado na memória de Isabel como um resquício de serenidade, não como uma maldição. Teve medo. Só que o medo desfez-se dentro da paz que lhe encheu o peito ainda ali, no cemitério. Na inocência dos seus sete anos, não entendeu o que sentiu e tão-pouco conseguiu explicá-lo, mas percebeu que ali o mundo girava de outra forma.

Os muros brancos e altos abraçavam o que restava daquelas pessoas; Isabel sentia nisso um conforto indizível. Saber que nunca sairiam dali, que nunca a deixariam sozinha, que estariam sempre com ela, à distância de uma estrada, dava-lhe uma segurança que nenhuma pessoa viva conseguia dar.

Naquela rua afastada do centro da aldeia, os mortos eram a companhia de Isabel, e ela não a trocava por nenhuma outra.

Por altura do seu décimo segundo aniversário, Isabel pediu à mãe que a deixasse trocar de quarto com a irmã, Luísa. Isabel ocupava um quarto pequeno, nas traseiras da casa, e há anos que sonhava com o dia em que se mudaria para um dos quartos da frente, para aquele que ainda era ocupado por Luísa, por decreto parental aquando dos respetivos nascimentos. A Luísa tanto fazia dormir num sítio ou no outro, desde que a deixassem sossegada e não lhe entrassem quarto adentro sem pedir licença. A mãe, pouco dada a pensamentos profundos e a crispações avulsas, acedeu, desde que a irmã concordasse. Fizeram a mudança num sábado de manhã. Esse dia ficou marcado nas entranhas de Isabel como o dia em que se aproximou dos seus mortos. A mãe não conhecia a obsessão de Isabel pelo cemitério porque não tinha ainda percebido o tempo que a filha gastava a andar entre os mortos. Vivia uma vida sempre igual, a circular entre as hortas e os currais, as feiras de gado e as vindimas. Não é que não fosse boa mãe, preocupada e amorosa. Simplesmente não conhecia as filhas que tinha porque nunca perdera tempo a conhecê-

-las. Apesar de ainda jovem, era uma mulher que o tempo e a vida tinham corroído por dentro. Triste, apagada, não falava mais do que o essencial, e guardava para si tanto quanto o mundo lhe permitisse. Vivia feliz porque dela ninguém queria saber, e isso sempre lhe poupava o trabalho de ter de fingir.

Joaquim, o pai de Isabel, estava sepultado ali, no talhão 3, campa 582. Tinha por cima uma pedra cinzenta com uma fotografia antiga. As únicas inscrições na lápide eram as datas de nascimento e morte, porque na aldeia todos lhe conheciam a história e não era preciso acrescentar mais nada. Morreu num acidente estranho. Naquele fim de tarde, foi à taberna, bebeu uns copos com uns primos e, com a hora do jantar a aproximar-se, saiu em direção a casa. Na curva em que começava a rua onde moravam, caiu ao chão e não tornou a levantar-se. Ficou-se como um passarinho; nunca se soube se morreu de ataque cardíaco ou de bebedeira violenta. Isabel tinha nove anos, a irmã tinha dez e a mãe, vinte e sete. Foi o segundo funeral a que Isabel assistiu, mas não guardou dele mais recordações do que do enterro da gordíssima Maria.

Nos dias em que sabia que a mãe se ia demorar pelas hortas, Isabel abria com cuidado o portão do cemitério e percorria devagar um talhão ao acaso. Começava numa ponta e ia seguindo, passando as campas uma a uma. Relia os nomes dos mortos, situava-os no tempo, pensava se teria chegado a conhecê-los, recordava histórias que se contavam pela aldeia. Sabia como muitos deles haviam morrido, e a esses considerava-os assuntos encerrados. Eram os outros, os que ainda guardavam mistérios, que faziam com que gostasse tanto de estar ali. Imaginava quem tinham sido em vida, o que tinham feito, de quem tinham sido filhos e pais. Imaginava como teriam morrido, em que dia, se estava sol ou se chovia a cântaros. De vez em quando, perguntava à mãe por determinada pessoa, e a mãe, entre o que estivesse a fazer, contava a história dessa morte, que nunca era nada de inusitado — um enfarte, um cancro, um acidente ou a lei natural da vida a chamar à morte os que já tinham vivido anos suficientes.

Apenas para a pergunta «Ó mãe, a dona Eulália morreu de quê?» é que Lurdes não tinha resposta que satisfizesse Isabel. Invariavelmente respondia num murmúrio algo que não acrescentava nada ao que Isabel já sabia. Com o tempo e a ausência de muito mais em que pensar, as perguntas sobre Eulália foram-se juntando como flocos de neve numa bola que se agigantou, até ser impossível de ignorar. Deixou que o novelo de perguntas a empurrasse e achou-se no ponto em que a única alternativa era encontrar-lhes respostas.

2

Foi no dia em que morreu mais um habitante da aldeia. O sino dobrou às três e meia da tarde, a notícia correu veloz. Foi o Chico Velho — caiu dentro de uma pipa de vinho e morreu afogado. Ironias: o homem era dono da taberna, que herdara do pai, e nunca na vida bebera um copo de vinho sequer, mas acabou assim, mergulhado no líquido amargo, incapaz de se salvar. Não se fez autópsia, veio a funerária com um caixão simples. Vestiram-no a mulher e as duas filhas, e puseram-no, meio vermelho de vinho, dentro do caixão forrado de branco, que o fazia parecer mais vermelho ainda. Abriu-se a casa mortuária e fez-se o velório como era comum: noite fora, com gente a chorar à desgarrada (a ver quem mostrava sentir mais a falta daquele homem que não fazia falta nenhuma), uma panela de caldo verde em cima da mesa e pratos e colheres emprestados por Gertrudes, a mulher já muito velha que tratava da manutenção e limpeza da igreja. O funeral havia de ser lá para as dez horas, para dar tempo de chegar a família que vinha de longe.

Durante a noite, a mulher e as filhas de Chico Velho arranjaram forças para ir a casa trajar de preto, como era costume e obrigação nestas ocasiões. Pouco importava que o homem tivesse um dia metido a mão no meio das pernas da filha mais velha e que ela o odiasse por isso: era suposto vestir-se de preto durante um ano, em sinal de luto e de saudade, embora neste caso a saudade fosse falsa e toda a gente soubesse a razão, porque nas aldeias tudo se sabe, mesmo aquilo que ninguém diz. Ainda assim, a aldeia não lhe perdoaria se não cumprisse o luto — e ela não perdoava à aldeia que a obrigava a mentir. De manhã, veio monsenhor Alípio, o padre da freguesia, obrigado a acordar mais cedo do que costume. Era já idoso, raposa matreira, mais dado às intrigas do que ao que mandava o Evangelho, homem corrompido pelo tempo e pela luxúria. Fez-se a missa, levou-se a pé o caixão até ao cemitério, a segui-lo um cortejo de gente mais ou menos distraída do que ali se estava a passar. O caminho, apesar de curto, era acidentado, e demorava quase uma hora a percorrer em ritmo de procissão fúnebre. Rezaram-se pais-nossos e ave-marias, e as pessoas que não se viam há muito tempo aproveitaram o caminho para pôr em dia a conversa e as notícias, coisa que só tinham oportunidade de fazer em casamentos e funerais, como é nobre tradição portuguesa.

No cemitério, a cova já aberta, talhão 7, campa 924, aguardava o morto. O buraco cavado no solo molhado, os vermes que se mexiam por entre a terra amontoada ao lado da cova, a pá do coveiro espetada no cimo do monte de terra que haveria de cobrir a urna, tudo reconfortava Isabel. Estranhamente, sentia-se aconchegada por todo aquele ritual que, para ela, nada tinha de triste. As pessoas foram-se acercando da cova, dois homens ajudaram o coveiro a passar as cordas grossas e sujas por baixo do caixão. O padre disse mais umas palavras enquanto uma chuva miudinha caía, irritante. O discurso do padre foi sendo interrompido, aqui e ali, por narizes que se assoavam com barulho; a viúva deixou cair umas lágrimas, mas às filhas não se lhes molhou o rosto com outro líquido que não a chuva. Uma das irmãs do homem, menos propensa ao uso de calmantes, gritava uns ais que feriam o silêncio daquele lugar triste. Benzida pela última vez, desceu-se a urna à cova e ninguém quis agarrar um punhado de terra e atirá-la sobre o caixão. O morto sozinho no fim da morte, uma solidão para sempre, eterna como o esquecimento. As pessoas foram-se dispersando e sobrou ao coveiro a tarefa de cobrir de terra molhada e vermes famintos o caixão simples forrado a branco, última morada daquele homem morto pelo vinho.

Isabel aproveitou a ida ao cemitério para deambular por entre as sepulturas. Voltou a dar por si parada diante da de Eulália, de cuja morte nada sabia. No regresso a casa, com essa dúvida a pesar-lhe sobre o espírito, Isabel foi ao encontro de Idalina, mulher idosa e sem papas a empatar-lhe a língua, sabedora de tudo o que acontecera naquela aldeia desde os primórdios, que vivia duas casas ao lado. Perguntou-lhe sem rodeios:

— Ó dona Idalina, como é que morreu a dona Eulália?

— Porque é que queres saber isso, rapariga? — ripostou Idalina.

— Porque nunca soube de que morreu. — A justificação soou fraca a Isabel, mas era a verdade.

— E o que é que isso te importa? — quis saber a mulher.

— Nada… mas gosto de saber de que morreram as pessoas cá da aldeia.

— Morreu de velha — respondeu Idalina com um laivo de rispidez.

— Só isso? — insistiu Isabel.

— Não chega? Era velha e foi isso que a matou. — O tom de Idalina era duro, como se quisesse dar por terminada a conversa.

— Pensei que houvesse mais qualquer coisa, nunca se fala dela por aqui.

— Pois não, porque não há nada para falar. Morreu de velha, pronto.

Correu um arrepio pelo corpo de Isabel, coisa nascida de sul para norte, e soube que ali, por detrás das palavras de Idalina, havia uma mentira que se escondia, matreira e cabeluda. Ninguém morria de velhice. De cansaço, de cancro, de ataque cardíaco, talvez. De velhice, impossível. Não era resultado que se obtivesse de autópsia nenhuma, como estava bom de ver. A velhice não é uma doença nem um mal que coma as pessoas por dentro. Havia sempre mais coisas dentro da velhice, e Isabel soube que àquela história faltavam pontos que a unissem. Decidiu que queria saber. Quando chegou a casa, tornou a perguntar à mãe: «Ó mãe, a dona Eulália morreu de quê?», e a mãe, afogada nos seus assuntos, murmurou qualquer coisa e não disse nada que servisse de resposta.

Nos dias que se seguiram, ninguém da família do falecido Chico Velho foi ao cemitério. A mulher refugiou-se em casa, as filhas continuaram a vida que sempre tiveram, secretamente aliviadas com a ausência permanente do pai que, morto, já não lhes podia fazer mal. As únicas mudanças foram as roupas pretas que envergavam as três, e a porta da taberna fechada até ordem em contrário. A irmã do morto que levou o funeral a gritar ais a despropósito quis ficar com a taberna, mas nem a mulher nem as filhas lhe deram resposta. Não tinham sequer pensado no que fazer daquilo, quanto mais decidir ali, na hora, se haviam de passar o estabelecimento à irmã ou seguir elas com o negócio.

Isabel foi ao cemitério uma vez e limpou as flores já apodrecidas que cobriam a campa do homem. Não eram muitas, apenas as suficientes para fingir pelo morto uma saudade inexistente: uma coroa da mulher e das filhas, um raminho da irmã, três hortênsias avulsas de gente da aldeia. A terra já começara a secar porque não tornara a chover depois do funeral. Demoraria ainda alguns meses até a campa ser coberta com a pedra do costume, exibindo uma qualquer fotografia da mocidade de Chico Velho (porque havia o estranho hábito de eternizar assim as pessoas na morte, como se tivessem morrido sem terem vivido, uma mentira a querer enganar o tempo, a recusa da idade, das rugas e da velhice) e as datas de nascimento e morte, quiçá também uma hipócrita «Eterna saudade de sua mulher e filhas». Nem a mulher nem as filhas tinham saudades dele, mas isso não se podia pôr na campa para toda a gente ver, ainda que toda a gente soubesse.

Uns dias depois, juntaram-se à porta da taberna os suspeitos do costume: todos os homens da aldeia. Com a morte de Chico Velho, deixaram de ter onde afogar as mágoas, onde fazer tempo até ao jantar e onde apanhar balanço para dar mais uma tareia à mulher. Reuniram--se em assembleia e decidiram: iriam, em paz, pedir à viúva que reabrisse o estabelecimento. A viúva, já refeita da morte do marido, que nunca precisara de beber um copo sequer para lhe assentar tareias no lombo, acedeu, e a taberna tornou a funcionar como de costume. Passou a estar ela ao balcão, aprendeu a servir traçadinhos e a disfarçar o mofo dos pacotes de amendoins já velhos. Trocou o calendário da parede, que tinha estado em dia há coisa de dezoito anos, limpou a fundo o chão, o balcão e as mesas, arranjou um cartaz a dizer «Não se vende fiado», que colocou bem à vista, a meio da parede por detrás do balcão. Os homens retomaram a rotina de sempre, indo lá todos os dias antes de regressarem a casa, vindos das suas diversas ocupações.

A viúva nunca percebeu se vendia mais ou menos do que o finado marido, porque ele nunca lhe deu contas da taberna nem a deixou trabalhar lá um dia que fosse. Ainda assim, não desgostou desta nova vida. O trabalho não era pesado, todos os dias havia um ou outro freguês que se embebedava, mas os que permaneciam sóbrios ajudavam-na a pôr os bêbedos na rua.

A vida foi seguindo. A filha mais velha, a quem Chico Velho mexera onde não devia, foi estudar para longe, para se livrar da falta de esperança e do peso das recordações. A mais nova assumiu as funções da mãe, passou a tratar da casa, da horta, do quintal e da criação, e deixou de sonhar com o dia em que haveria de fazer-se escriturária. Alguém tinha de levar a casa para a frente e calhou-lhe a ela a sorte.

Isabel manteve as rotinas que já eram a sua pele: lia livros na rua, sentada de frente para o cemitério, e ia visitar as campas nos dias em que sabia que a mãe chegaria tarde. Ganhou o hábito de passar na campa de Eulália, mesmo quando ia passear para outros talhões. Continuava intrigada com a morte da mulher e não descansaria enquanto não encontrasse resposta que lhe sossegasse o arrepio. Foi por isso que um dia se lembrou de falar com a filha da defunta. Maria Aurora era a padeira da aldeia, trabalhava de noite e dormia de tarde, depois de vender todo o pão que fazia. Isabel foi à padaria um dia ao final da manhã. Já não havia pão para vender e Maria Aurora disse-lhe isso mesmo, que não tinha chegado a tempo. Isabel desculpou-se e admitiu que não queria comprar pão, queria apenas fazer uma pergunta.

— A sua mãe morreu de quê?

A padeira parou o que estava a fazer, afastou os óculos para a ponta do nariz e perguntou porque queria Isabel saber aquilo.

— Por nada — respondeu a rapariga —, curiosidade apenas.

Maria Aurora voltou a contar o dinheiro e ficou calada por um bocado. Depois disse:

— Morreu de velha.

— Foi o que me disse a dona Idalina.

— Disse-te bem, foi de velhice.

— Isso é mentira, não é? — Isabel não tentou esconder o desafio que lhe pairava na voz.

Maria Aurora tornou a afastar os óculos, aproximou-se de Isabel e disse:

— Há coisas que é melhor serem enterradas com os mortos.

— Não percebo — disse Isabel.

— Não é preciso que percebas. Mas é bom que pares de perguntar de que morreu a minha mãe. Está enterrada há vinte anos, já não se pode mudar nada. Morreu de velha e não tornes a perguntar por ela. — O tom de Maria Aurora não convidava Isabel a alongar-se.

A rapariga pediu desculpa, disse que só queria saber e saiu em passo apressado. Cada vez mais tinha a certeza de que aquela história não era assim tão simples e cada vez mais desejava descobrir como tinha morrido Eulália. Foi para casa a passo lento, aproveitando o caminho para pensar. Tinha a certeza de que toda a gente da aldeia sabia a resposta, mas, por algum motivo estranho e seguramente pouco razoável, ninguém lhe dizia a verdade. Pôs-se a pensar quem poderia corromper a ponto de ficar a saber afinal de que morrera a mulher. Mas se nem a sua própria mãe queria responder-lhe... Lembrou-se de Gertrudes, a beata que cuidava da igreja. Tinha quase noventa anos e sabia certamente tudo o que acontecera na aldeia durante o tempo que ali vivera. Sabia de fonte segura que a mulher estava ainda na posse de todas as suas faculdades, incluindo olhos de lince, ouvidos de tísica e memória de elefante. Dirigiu-se à sacristia, na esperança de a encontrar por lá a varrer ou a engomar paramentos. Deu-lhe as boas-tardes e, sem rodeios, disse simplesmente:

— Dona Gertrudes, queria perguntar-lhe uma coisa: a dona Eulália morreu de quê?

Gertrudes persignou-se furiosamente, uma centelha de medo a surgir-lhe no olhar, e mandou Isabel embora, dizendo que ali não era sítio para falar daqueles assuntos. Pediu-lhe que não a tornasse a importunar com perguntas e empurrou-a em direção à porta, que fechou assim que Isabel pôs os pés do lado de fora.

Mais do que curiosidade, era já uma fúria que crescia dentro de Isabel. O que poderia haver de tão ruim naquela história para que ninguém quisesse falar nela? Que macabro segredo esconderia a morte de Eulália? Não descansaria enquanto não soubesse. Não entendia ainda o ninho de vespas em que estava a pôr as mãos, nem sabia até que ponto se estendia a história. E já não sabia para quem havia de se voltar, a fim de descobrir a resposta àquela que era para si uma pergunta bastante simples.

3

Durante meses não pensou no assunto. Mergulhou profundamente na leitura, foi menos vezes ao cemitério e não passou na campa da mulher cuja morte era uma dúvida. Esperou que o tempo lhe curasse a curiosidade, mas, quando percebeu que isso não aconteceria, resignou-se. Era nova, tinha dezoito anos, mas já sabia que não havia em si fogo maior do que esse, o de querer saber tudo, entender tudo e não deixar perguntas por responder. Voltou aos poucos ao assunto que a inquietava. Nunca ouvira história nenhuma que se relacionasse com a morte de Eulália, por isso achava que, no fundo, a sua curiosidade era inofensiva. Havia outras pessoas cuja causa da morte desconhecia e tomou consciência de que nunca dera relevância a isso. Lembrou-se, por exemplo, de Juliana, que teria agora mais ou menos a idade da sua mãe, e que morrera antes de fazer vinte anos. Isabel ainda não tinha nascido quando ela morreu, mas sabia que a morte da amiga era coisa que a mãe nunca tinha digerido. Afinal de contas, não era todos os dias que apareciam raparigas mortas ao fundo de uma horta. Acidente, pensava Isabel. Nem por isso, dizia a realidade.

Quando não conseguiu conter mais o ímpeto, numa tarde soalheira a adivinhar um verão extenuante, abriu com cuidado o portão do cemitério e encaminhou-se para junto de Juliana. Olhou a fotografia castigada pelos anos, leu as datas inscritas na pedra, fez contas ao tempo que passou e surpreendeu-se por nunca ter olhado para a história de Juliana com olhos de ver.

Quando se encontrou sozinha com a mãe, resolveu contar-lhe que tinha ido visitar a campa da sua amiga. Depois de ouvir a pergunta recorrente, «Mas tu agora não fazes mais nada além de andar a cirandar pelo cemitério, Isabel?», perguntou à mãe se ela e Juliana tinham sido amigas de infância.

— Não. Só nos conhecemos quando tínhamos catorze ou quinze anos.

— Porquê? Ela não era de cá?

— Era. Eu é que não.

Isabel encontrou-se perante uma realidade que não conhecia. Vivera toda a vida ali, naquela pequena aldeia alentejana, onde tinha a mãe, a irmã e uma tia. Nunca tivera grande contacto com o resto da família. Talvez já só restassem mesmo elas. Do lado materno, não se lembrava de ouvir falar de outras pessoas além destas; da família do pai, havia ainda alguns tios e primos, gente que nunca quisera saber dela nem da irmã, e da mãe menos ainda. Isabel cresceu a acreditar que aquele lado da família era uma espécie de clã à parte. Raramente se reuniam de propósito. O contacto que havia era circunstancial e fazia-se pelas ruas da aldeia, enquanto uns andavam a tratar de recados e outros iam e vinham das hortas.

Havia famílias assim, pequenas e quase esvaziadas de história, famílias quase sem passado e sem muito que contar. Mas a pergunta ficou a pairar: se não eram dali, eram de onde? Como num filme, recordou pedaços da sua infância e percebeu que não se lembrava de ouvir a mãe contar histórias da sua meninice. Por algum motivo, o passado da mãe começava apenas em 1969. Fez contas e percebeu que a mãe teria catorze anos nessa altura. Mas não fazia sentido — não para si, pelo menos. Não era como se a mãe tivesse sido abandonada à nascença e adotada muitos anos depois; afinal havia uma tia-avó que ela sabia ser tia materna da mãe. Sabia o suficiente, mas faltavam-lhe peças, e deu por si a pensar que isso estava a tornar-se habitual.

No dia seguinte, depois de a mãe ter saído para tratar dos animais, e quando o sol era ainda uma luz tênue em crescendo, Isabel foi à procura do que julgou que poderia ajudar: fotografias de família. Tinha visto, em tempos, álbuns com fotografias da família nuclear a que não prestara grande atenção. Havia registo do casamento dos pais, das gravidezes da mãe, dos batizados e pouco mais. Sabia, claro, que não iria encontrar grande acervo — fotografar era arte de famílias mais abastadas. Ainda assim, procurou. Esperava ver coisas em que nunca reparara porque nunca as vira com atenção. Das poucas vezes em que olhara para aquelas fotografias, fora com o intuito de ver o vestido de noiva da mãe, feito por ela, e o ramo de flores do campo que levara a fazer as vezes de ramo de noiva. Sempre tinha visto aquelas fotografias com olhos de filha que tem vaidade na beleza da mãe, mas nunca tinha procurado eventuais histórias que elas pudessem contar.

Encontrou o álbum do casamento. Não tinha mais de vinte ou trinta fotografias, todas pequenas e de cores desmaiadas. Estavam longe de ser fotografias profissionais, por isso as imagens eram descuidadas, como se quem as tirou não soubesse nada sobre luz e enquadramentos. A noiva a entrar na igreja, pelo braço do pai, com um ar triste e angustiado. Os noivos no altar, perante monsenhor Alípio, que já na altura fazia serviço na aldeia. Os noivos com os padrinhos — do lado da mãe, a tia Graça e o marido, o tio Eusébio; do lado do pai, o seu irmão Manuel e a mulher, Emília. Os noivos a partirem o bolo — um bolo simples, enfeitado com malmequeres brancos. Os noivos com os convidados, no adro da igreja. Demorou-se nessa fotografia. Reconhecia algumas pessoas da família do pai.

Imediatamente atrás dos noivos, monsenhor Alípio repousava a mão no ombro esquerdo da mãe. À esquerda do padre, Gertrudes a olhá-lo entre a tristeza e a raiva. Ao todo, vinte e três pessoas ocupavam a escadaria. A mãe, com os braços descaídos e as mãos a segurarem sem grande cuidado o ramo, mantinha o ar triste da fotografia em que estava a entrar na igreja. O pai parecia ausente, apesar do brilho que se lhe via no olhar, como se desconhecesse que, naquele dia, partilhava com Lurdes o lugar de ator principal.

Houve algo naquelas fotografias que pareceu estranho a Isabel. Reviu-as uma a uma, demorando-se nos pormenores. Procurou elementos que destoassem, qualquer coisa que justificasse o sentimento de distopia com que se deparara ao olhar para as imagens. Depois percebeu: o que via parecia uma encenação. Ninguém estava verdadeiramente feliz e isso, em 1972 como agora, não era o que deveria ver-se nos casamentos. Seria de esperar que pelo menos os noivos se movessem a toque de sorrisos. Ali, não tinham mais do que um ar sorumbático, quase como se tivessem sido obrigados a representar aquele papel. Pareciam todos distantes uns dos outros, como se mal se conhecessem e alguém lhes tivesse pedido que gastassem um minuto do seu dia a posar para uma fotografia inconsequente. Isabel retirou a fotografia do álbum e guardou-a no meio de um livro. O álbum seguinte acompanhava ambas as gravidezes da mãe. Mais uma vez, apenas meia dúzia de imagens de cada uma, como se não fosse importante guardar registo de nada. Na primeira, Lurdes parecia serena, quase como se brilhasse. A fotografia tinha sido tirada à entrada da casa onde viviam ainda hoje. O sol de verão batia com força nas paredes e iluminava-a. Havia um toque de felicidade no seu sorriso tímido. Estava bem penteada, com o cabelo castanho a tocar-lhe no meio do peito. Tinha os dedos entrelaçados por baixo da barriga, que ainda não era muito grande. Isabel virou a fotografia na esperança de que a data estivesse escrita por trás — estava: 18 de julho de 1972. Tinha sido tirada no dia de aniversário da mãe. Fez a conta rapidamente: fazia dezassete anos. A barriga teria uns quatro ou cinco meses. Percebeu nesse momento o motivo da falta de sorrisos e de convidados nas fotografias do casamento dos pais: tinham casado à pressa porque Lurdes já estava grávida. No Alentejo, em 1972, não era suposto que uma rapariga de dezesseis anos engravidasse e tivesse de casar antes que se notasse o desastre. Não devia ter sido fácil. Imaginou-se no lugar da mãe: aparecer um dia grávida, ter de contar à tia, que era a pessoa responsável por ela, ter de contar ao pai da criança, ter de enfrentar a família dele e os julgamentos silenciosos de todos os habitantes da aldeia. Entendeu a tristeza dela: talvez pensasse apenas que tinha ficado sem saídas;

teria de seguir a tradição da aldeia, dedicar-se ao filho que estava por nascer, cuidar da casa, das hortas, dos animais; veria todos os seus sonhos deitados por terra por força de uma criança que não tinha pedido para nascer e que ela quase de certeza preferia não ter concebido. Ter-se--ia sentido vítima do castigo divino por ter caído nas garras de um pecado capital. E tinha apenas dezesseis anos quando se viu a braços com esta nova realidade. Além do mais, e pelo que tinha visto nos nove anos em que viveu com os pais, até o pai morrer, o que havia entre eles era uma estranha forma de amor — leal, porém calado, a mãe e o pai como dois elementos quase estrangeiros um do outro, como duas realidades paralelas que, a espaços, se aproximavam, principalmente por coisas relacionadas com as filhas ou com as terras. Raramente lhes viu um gesto de carinho, talvez porque houvesse aquela mágoa do que não devia ter acontecido daquela maneira, talvez porque ambos tivessem acabado juntos num futuro que não tinham planeado.

Achou-se entre a vontade de saber e o medo de perguntar. A mãe não era pessoa de muitas palavras, as conversas que tinham em casa eram de circunstância, vividas apenas no presente. Não era uma mulher saudosista, não falava da sua história, não repescava memórias para as colocar à mesa entre a salada e o tacho do arroz. Isabel e Luísa, miúdas com outros pensamentos a ocupar-lhes o tempo, não estranhavam que assim fosse. Talvez porque não tivessem sido habituadas a conviver com estas histórias, não lhes sentiam a falta.

Ao cair da tarde, à hora a que a mãe costumava regressar a casa, Isabel parou no quintal. Procurou o que fazer para que a mãe a encontrasse ali quando chegasse. Viria carregada de legumes acabados de colher e pousá-los-ia ali, para os arranjar depois de jantar. Era a Isabel que cabia a tarefa de fazer as refeições e, num dia normal, seria disso que estaria a tratar quando a mãe chegasse a casa. Mas nem pensara nisso ainda, a cabeça ocupada com as dúvidas, a urgência de querer desfazer o novelo era mais importante do que tudo o resto. O mais provável era que Luísa chegasse mais tarde, por isso pareceu-lhe a altura ideal para iniciar uma conversa com a mãe. Teria a sua atenção, não haveria como escapar nem poderia recorrer à filha mais velha em busca de salvação. No fundo, Isabel queria encurralar a mãe, mas sabia que teria de ser sutil.

Quando a mãe chegou a casa, trazia a pele tisnada pelo sol agreste do verão alentejano, as mãos calejadas e sujas a segurarem sacas com couves, alfaces, uma melancia enorme e pepinos tenros. Nas pernas, a sujidade de uma horta trabalhada durante o dia. A roupa com a cor comida pelo sol a esconder um corpo ainda jovem, mas já tão gasto. A sua única beleza, imune ao tempo e ao trabalho, eram os olhos verdes que, apesar de esvaziados de brilho, permaneciam um repositório de promessas de dias felizes. Lurdes pousou as sacas no alpendre do quintal, tirou o chapéu e soltou o cabelo úmido de suor. Isabel abeirou-se dela, perguntou se precisava de ajuda, se havia alguma coisa que pudesse fazer. A mãe pediu-lhe que esvaziasse as sacas e pousasse os legumes em cima da mesa; trataria deles mais tarde. Perguntou-lhe se tinha tido um dia bom e o que tinha feito. Isabel passara o dia a ler e não o omitiu.

Lurdes entendia que a filha quisesse estudar e não se permitia cortar-lhe as pernas, mas dava por si levemente incomodada com o facto de Isabel se dedicar por inteiro aos livros e não às terras. O que mais desejava era que as filhas fossem sempre donas do seu destino e não se vissem perante a necessidade de criar uma vida à pressa para esconder a vida que alguém as obrigara a ter. No fundo, queria apenas perpetuar o que considerava correto: queria que as filhas fossem melhores do que ela e que tivessem tudo o que a ela lhe tinha sido negado. Queria-as felizes e sabia que a felicidade da filha mais nova nascia nas páginas dos livros, e a da filha mais velha nos caminhos que a levavam para longe daquela aldeia. Deixava-as seguir o seu próprio rumo, assegurando que sabiam onde estava o regaço a que podiam sempre regressar.

Isabel fez o que a mãe lhe pediu enquanto procurava uma forma de lançar o assunto. Queria perguntar-lhe sobre as fotografias, sobre as pessoas retratadas, sobre as suas origens, sobre a família que não chegara a conhecer. Não queria que a mãe lhe fechasse imediatamente a porta nem queria magoá-la com as suas questões. Entrou de mansinho.

— Mãe, estive a ver fotografias antigas.

— De quê? — quis saber a mãe, um nervoso miudinho a toldar-lhe a voz.

— Do teu casamento, principalmente — disse Isabel com suavidade, a apalpar terreno.

Como a mãe não reagiu, Isabel continuou:

— Estavas triste quando casaste?

— Não, porquê? — perguntou a mãe num tom de voz que parecia querer fugir do assunto.

— Parecias. Toda a gente parece triste nas fotografias do teu casamento. Tu, o pai, a tia Graça, até os convidados... Passou-se alguma coisa antes?

— Isso foi há vinte anos, Isabel. Se calhar estávamos só cansados dos preparativos. Fomos nós que fizemos tudo: a comida, os arranjos de flores, tudo — justificou a mãe.

— A dona Eulália não aparece nas fotografias, mas eu sei que ela era aqui vizinha e sei que era amiga da tia Graça. Não vos ajudou?

— Não, ela morreu pouco tempo antes. Mas teria ido, claro. Era nossa vizinha, muito amiga da tia Graça. Tenho a certeza de que tinha ajudado no que pudesse, sabes? Naquela altura, toda a gente ajudava, toda a gente ia aos casamentos. Não era como agora. Os casamentos aqui na terra não eram festas. Eram só uma missa e um almoço a seguir, tudo muito simples. Só que se fazia tudo em casa, aquilo dava muito trabalho e as vizinhas ajudavam sempre.

— Não foi muita gente ao teu casamento. — Isabel sentia-se a conduzir a mãe até um ponto em que já não fosse possível inverter caminho e desviar o assunto.

— Pois não. Foi tudo um bocado à pressa e ninguém esperava que a dona Eulália morresse assim.

— Ela morreu de quê, mãe? — tornou a perguntar Isabel.

— De velha, estás farta de saber isso — respondeu Lurdes, como que a querer que a conversa terminasse por ali.

— Mãe, ela não era velha. Não era assim tão velha, quero dizer.

— Era velha que chegasse para morrer.

— Não é só isso, pois não? Onde é que ela morreu? — insistiu Isabel sem grande subtileza.

— Na igreja. Mas é só isso, Isabel. Estava velha, foi à igreja, deve ter-se sentido mal e morreu.

— Engraçado... Perguntei à dona Maria Aurora e ela não me contou nada disso. — Isabel resolveu abrir um pouco o jogo e mostrar até que ponto queria encontrar respostas.

— Porque é que havia de contar? O que é que lhe perguntaste? Para que é que andas a remexer nesse assunto, filha? — perguntou a mãe, exasperada.

— Perguntei de que é que morreu a mãe dela. Ela disse só que foi de velhice. Não me falou da igreja. E se não há problema nenhum, não percebo porque é que ninguém fala nisto como deve ser. Toda a gente dá meias respostas.

— Se calhar não quer falar muito no assunto. Era muito chegada à mãe, sabes? Foi criada só por ela, o pai morreu novo, quando ela ainda era bebê. Custou-lhe muito. — Lurdes procurou uma justificação que fosse verdade, ainda que não fosse a verdade completa.

— E a tia Graça? Posso ir visitá-la ao lar e pergunto-lhe o que ela sabe. Se elas eram assim tão amigas, alguma coisa a tia há-de saber.

— Tu sabes que a tia já não se lembra de nada. Já mal nos reconhece, quanto mais lembrar-se de coisas de há vinte anos. Sabes bem a doença que ela tem.

— Sei, mas não custava tentar. O pior que pode acontecer é sair de lá a saber o mesmo que sabia quando entrei.

— Deixa a tia em paz, por favor. Aliás, deixa este assunto em paz. Já te disse que a dona Eulália morreu de velhice, como morre tanta gente.

Isabel queria perguntar mais coisas, queria insistir no assunto, mas temeu não ser capaz de obter mais respostas e preferiu deixar as perguntas para depois. Havia de pegar na fotografia e pedir à mãe que lhe dissesse quem eram aquelas pessoas que não reconhecia. Por agora, contentar-se-ia com o que ficara a saber sobre Eulália. Não se lembrava de ter ouvido histórias acerca de pessoas que morreram na igreja. Aparentemente, não era nada que estivesse gravado no DNA da aldeia. Isabel não percebia como um acontecimento tão incomum podia ser esquecido e apagado do cardápio de histórias que se contavam com frequência na aldeia. Deu por si a pensar se não estaria a exagerar. Talvez fosse tudo realmente simples. Talvez a mulher tivesse morrido de velha, durante a missa. Aconteceu ali, como poderia ter acontecido enquanto tivesse ido às compras ou quando andasse a tratar da horta. Não se escolhe a hora a que se morre, a não ser que alguém a escolha por nós.

4

Isabel teria de arranjar forma de saber mais coisas sem perguntar diretamente. Lembrou-se de que, há vinte anos, era habitual as raparigas manterem diários. Lera isso em alguns dos seus livros; sabia de quem, ainda hoje, já com filhos criados, escrevia as suas memórias em cadernos sem importância. Em vez de questionar a mãe acerca disso — afinal de contas, o propósito de um diário era que fosse uma coisa secreta, e mesmo que a mãe tivesse um, dificilmente lho confessaria e muito menos a deixaria lê-lo —, resolveu procurar. Dedicou a tarde do dia seguinte a revirar o sótão. Era uma divisão onde raramente entrava. Ocupava toda a extensão da casa e dividia-se em áreas mais pequenas que tinham outrora servido de quartos — a casa onde Isabel vivia tinha sido construída pelo seu bisavô e tinha sido habitação de três gerações da família. Havia pouca luz, apenas aquela que passava por entre as telhas. Há muito que as lâmpadas se tinham fundido e não tornaram a ser trocadas. Apesar do aparente abandono, o sótão estava arrumado. Havia muito pó acumulado, o que fez Isabel espirrar. E havia um pássaro morto a um canto — devia ter entrado por uma fresta entre as telhas e não teria conseguido encontrar a saída, acabando por morrer ali mesmo, desidratado e com fome, sem ninguém que o salvasse.

Isabel percorreu o espaço tentando perceber a sua organização. A um canto estavam brinquedos dela e da irmã. Lembrava-se de alguns: um cavalinho de pau, uma cadeira pequena, um conjunto de tachos e panelas que costumavam utilizar para fazer almoços a fingir no quintal, usando ervas daninhas e limões pequenos que caíam dos limoeiros muito antes de ficarem maduros. Parou para examinar este conjunto e lembrou-se das inúmeras tardes passadas lá fora no quintal, só ela e a irmã, a brincarem com um pé no mundo dos crescidos, como se tivessem pressa de crescer. Eram donas de casa, vizinhas, amigas de todas as horas. Tratavam como filhos os bonecos de pano, alimentavam-nos a sopas de erva, arroz de lama e papas de farelo dos porcos, lavavam-lhes a roupa no tanque, estendiam-na nos arames que apoiavam as videiras à beira do carreiro que ia dar ao poço. Ao fim da tarde, cansadas e encardidas, tomavam banho de mangueira ali mesmo, no quintal, e riam como se o mundo fosse apenas isto, horas felizes sob o sol quente do verão alentejano. Deixou-se invadir por estas memórias e teve saudades daquele tempo em que a vida não era mais do que o alinhamento previsível dos dias. Ao fundo da divisão mais esconsa do sótão, três arcas grandes ocupavam toda a parede. Eram antigas, seguramente passadas de geração em geração há muito tempo. Apenas uma estava fechada a cadeado. As outras abriram-se com um simples soltar de grampos. Numa, um enxoval completo: lençóis de linho, panos de cozinha, naperons, aventais. Algumas peças tinham a inicial da mãe, outras a da tia Graça. Estavam quase todas amarelas pela falta de uso. Ainda assim, eram bonitas e delicadas. Provavelmente, nunca tinham sido estreadas. Isabel não se lembrava de alguma vez ter visto o que quer que fosse que estava guardado naquele baú. Arrumou tudo para que ficasse exatamente como encontrara. Abriu a segunda arca. Estava cheia de roupa do pai. A mãe devia ter colocado ali tudo o que era dele, depois de ele morrer. Isabel tinha nove anos quando o pai morreu, não se recordava de muito do que tinha acontecido naquela altura. Não se lembrava de ver a mãe guardar a roupa dele, não sabia se a teria dado, queimado ou deitado fora. Afinal, não tinha feito nenhuma destas coisas, tinha guardado tudo dentro de uma arca, na parede mais escondida do sótão. Desdobrou uma ou outra peça e veio-lhe à memória a imagem do pai com aquilo vestido, calças de fazenda e camisas de quadrados, que era o que usava quando, terminado o trabalho, tomava um duche rápido e se vestia para ir beber um copo à taberna antes de serem horas de jantar. Isabel deixou-se ficar com o cheiro da naftalina a entranhar-se nas mãos enquanto procurava um resquício do pai. Não guardava muitas memórias dele. Não tinha sido o tipo de pai que se quisesse esquecer — não maltratara as filhas —, mas o trabalho mantivera-o demasiado afastado. Não tinha sido um homem de grandes demonstrações de carinho, talvez por não ter sido criado assim e, embora tentasse entender que talvez isto fosse fruto da época ou, simplesmente, um traço de personalidade do pai, sentia uma espécie de mágoa miudinha que a beliscava cada vez que pensava nele. Tinha vivido nove anos com o pai mas, se somasse os momentos em que se sentira verdadeiramente filha daquele homem, talvez não tivesse mais de uma mão-cheia de horas. Era como se ele vivesse numa constante repetição de dias onde as palavras não encontravam lugar e não fazia sentido fazer nada para além de meramente existir. Agora, já crescida, sempre que pensava no pai sentia que aquele homem tinha simplesmente desistido. Entrava e saía, trabalhava afincadamente e não lhe restava tempo nem força para o amor que deveria ter sido o fio condutor daquela família. Sentiu pena por tudo o que poderia ter vivido com o pai, tivesse ele sido um homem mais carinhoso ou, quem sabe, menos magoado.

Abandonou o pensamento e devolveu à arca as roupas devidamente dobradas. Não havia muito mais a fazer ali.

O cadeado da terceira arca estava ferrugento, como se não fosse mexido há muito tempo. Era um cadeado antigo, ao qual correspondia certamente uma chave de ferro grande e pesada — uma chave que não estava por perto. Isabel procurara no fundo das outras arcas e não a encontrara. Obrigou-se a revisitar mentalmente cada canto da casa, na esperança de descobrir onde estava a chave. Não pensava que a mãe fosse mulher dada a segredos, por isso assumiu que a chave estaria nalgum sítio relativamente óbvio e acessível. Havia um chaveiro à porta de casa, mas não estava lá. Ali apenas se pousavam as chaves das portas da frente e das traseiras, e das cancelas das hortas e dos currais. Nada que se parecesse com uma chave antiga, portanto. Entrou no quarto da mãe sem pensar duas vezes e foi direita à mesa de cabeceira. A mãe tinha uma mobília antiga, que tinha sido da tia Graça. Era de mogno, já tinha perdido o verniz e de vez em quando conseguia ouvir-se o ruído de um séquito de térmitas seguramente muito ocupado. As mesas de cabeceira tinham uma gaveta com um puxador já baço e, por baixo, uma porta onde costumavam guardar-se os bacios, no tempo em que as casas ainda não tinham casa de banho. Abriu a gaveta e, tentando não revirar tudo para que a mãe não chegasse a perceber que alguém tinha mexido ali, procurou por baixo dos papéis. Acabou por encontrar duas chaves velhas, vermelhas de anos e anos de ferrugem acumulada. Eram diferentes, por isso Isabel percebeu que abriam cada uma a sua fechadura.

Levou ambas as chaves e regressou ao sótão. O sino da igreja já batera as seis e a mãe era capaz de não tardar muito a chegar. Teria de ser rápida. Tentou abrir o cadeado com uma das chaves, mas nada aconteceu. Experimentou a segunda e ouviu um clique. O cadeado continuava fechado. Talvez estivesse tão enferrujado quanto as chaves. Voltou a tentar, forçando o movimento. O cadeado cedeu com estrépito. Isabel acalmou o susto, pousou o cadeado e abriu a arca. Lá dentro estavam livros e cadernos mal arrumados, como se tivessem sido atirados para ali à pressa. No cimo, havia uma camada de pó que mostrava que nada daquilo era mexido há muito tempo. Isabel deixou-se ficar quieta, a olhar para o que encontrara, durante uns instantes. Tinha de decidir o que fazer: mexer no que encontrara, correndo o risco de deixar marcas que provariam que alguém tinha tocado ali, ignorar o medo ou fazer a coisa com os devidos cuidados, para não deixar rasto. Isabel deu graças pela sua frieza em situações de pressão: conseguiu manter-se calma e pensar sem atropelos. Decidiu que não podia simplesmente abandonar ali a sua busca. Chegara até aqui, encontrara esta arca acerca da qual nunca tinha sido advertida e a que nunca dera importância, nas poucas vezes que fora ao sótão, por isso não podia desistir. Não queria deixar rasto. Apesar de ter percebido que ninguém mexia ali há muito tempo, e mesmo sabendo que a única pessoa que tinha acesso àquilo era a mãe, não quis arriscar. Se a mãe tivera o cuidado de trancar a arca a cadeado e esconder a chave era porque havia ali alguma coisa que não lhe interessava expor. Optou por limpar com cuidado a camada de pó que cobria o que encontrara. Mesmo que a mãe mexesse na arca em breve, não haveria marcas de dedadas e não se notaria imediatamente que alguém andara por ali a vasculhar.

Espirrou algumas vezes enquanto retirava com cuidado o pó. Não se demorou nos livros que, por agora, não lhe interessavam. Abriu uns quantos cadernos ao acaso. Alguns eram do tempo da escola da mãe, outros do pai. Havia cadernos com apenas meia dúzia de páginas escritas, nada de relevante.

Outro, com aspeto mais antigo, era um daqueles com as linhas agrupadas duas a duas, com um curto espaço entre si e um grande espaço a separá-las do conjunto de linhas seguinte, onde se aprendia a escrever com uma caligrafia cuidada. Estava meio preenchido. Na primeira folha, estava escrito o nome da mãe com uma letra de criança que mal sabia ainda escrever. Sorriu perante a imagem da mãe sentada numa sala de aula algures, com o caderno preso com um cotovelo enquanto a mão oposta desenhava aquelas letras a medo. Quase no fundo da arca estavam dois cadernos de capa laranja. Tinham um elástico a segurá-los juntos. Isabel retirou o elástico, que se partiu imediatamente, de tão ressequido que estava. Não se preocupou com isso; haveria de o substituir. Abriu o primeiro caderno e percebeu que acabara de encontrar aquilo que procurava.

5

3 de Setembro de 1969

Cheguei hoje á aldeia. Vim com a ti Graça e com o ti Eusébio e deixei tudo para tráz. Não sei o que me espera aqui. Sei que vou ajudá-los nas hortas e que espero conseguir viver bem. Tenho medo. Mais da ti Graça que do ti Eusébio. Ela parecia mesmo zangada quando me foi buscar. Não me consegue olhar para a cara. Ouvi-a dizer à mãe que vai tratar de mim e que vai correr tudo bem. A mãe só lhe pediu para nunca me perder de vista. Acho que tem medo de eu fujir e voltar para casa, mas não vou fazer isso. Já me aconteceram coisas más que cheguem para a vida toda. Vou aproveitar esta oportunidade, vou trabalhar, vou tentar ser feliz. Não vai ser fácil, mas vou conseguir. Nunca vou esquecer o que deixei para tráz, mas ainda sou muito nova e tenho muitos anos pela frente. Se Deus quizer, vou ser capaz.

10 de Setembro de 1969

Estou aqui há uma semana, já arrumei tudo, não trouxe muita coisa. A minha roupa é velha, mas a ti Graça diz que me ensina a cozer para eu poder fazer roupa para mim. Não sei se vou ter tempo. Passo os dias nas hortas e a tratar da criação, assim que caio á cama durmo até ao dia seguinte. Depois levanto-me ainda antes do sol nascer, arranjo o farnel para o dia e saio de casa para trabalhar. Queria poder continuar a estudar. Fiquei só com a quarta classe, mas queria aprender mais. Gosto dos livros, de estar na escola, de aprender coisas que pouca gente da minha terra sabe. Já sei que não me torno a sentar numa sala de aula, nem sequer pedi muito porque já sabia que me iam dizer que não. Tenho pena. Gostava de estudar para depois ser professora primária. Sei que não vou ser mais do que isto que sou agora. Não estou zangada por isso, é a vida. Tive azar, não pude escolher, as portas fecharam-se muito cedo para mim. Nem sequer tenho coragem de pedir à ti Graça que me compre livros para estudar sózinha. Já lhe devo tanto.

Isabel leu rapidamente duas entradas do diário da mãe. Queria ler tudo de enfiada e perceber o que se tinha passado, mas achou demasiado arriscado. Começava a entardecer e a mãe não devia demorar. Não queria ser apanhada a vasculhar o sótão. Se isso acontecesse, a mãe certamente esconderia o que houvesse ali de realmente importante, e talvez Isabel perdesse mesmo o fio à meada. Optou por sair antes de causar problemas. Arrumou tudo o melhor que conseguiu, virou costas certificando-se de que não deixava nada fora do lugar e desceu as escadas, trancando a porta atrás de si. Sentia o coração a bater-lhe na garganta. Respirou fundo até se acalmar. Uma estranha culpa invadiu-a: nunca tinha sido advertida acerca do sótão, portanto havia a possibilidade de não ter feito nada de mal. Mas a mãe nunca lhe falara de nada do que acabara de ver, nem nunca lhe mostrara coisa alguma que estivesse guardada ali em cima. Se aquilo não era secreto, também não era certamente livre de ser explorado. Pensou nas duas páginas do diário da mãe que acabara de ler. Talvez não significassem nada, talvez fossem só os apontamentos de uma rapariga que tinha acabado de mudar de vida.

Isabel fez o jantar enquanto pensava em tudo o que tinha ficado a saber nos últimos tempos. Deu por si parada, uma batata meio descascada na mão. Se calhar estava apenas a imaginar coisas. Talvez tudo aquilo não fosse mais do que o fruto de uma mente habituada a histórias construídas. Era provável que estivesse a ser conduzida por um dos muitos livros que lera e talvez estivesse simplesmente a confundir realidade com ficção.

Lurdes entrou em casa com o desgaste do dia a transpirar-lhe na pele. Murmurou as boas-tardes no seu tom triste e soturno, beijou a filha no rosto e perguntou por Luísa.

— Ainda não voltou do trabalho, não sei se vem direta para casa ou se vai primeiro à Sociedade — respondeu Isabel.

Luísa tinha dezanove anos, o dobro da beleza de Isabel e metade da sua inteligência — um perfeito *cliché*. Estudara apenas o suficiente para não se encontrar vazia de recursos. Sabia ler, fazia contas de forma básica, sabia mais ou menos que Espanha ficava para a direita e que África ficava para baixo, depois do mar, não sabia mais de meia dúzia de capitais europeias e acreditava piamente que Nova Iorque era a capital americana, embora Isabel lhe tivesse falado inúmeras vezes de Washington D.C. «Não quero saber da América para nada», dizia Luísa sempre que a irmã a corrigia. Apesar da parca cultura geral e da fraca agilidade mental, era uma rapariga generosa, que cativava pela meiguice. Um perigo, pensava Isabel. Desde que começara a perceber um bocadinho mais acerca da forma como gira o mundo, sempre pensara que a irmã seria facilmente corrompida pela beleza masculina. Isso e meia dúzia de frases feitas bastariam para a pôr na horizontal, a suspirar por amores inacabados. Não se enganava: Luísa era tão bonita quanto insegura. Usava como medida para se autoavaliar a irmã, que, não sendo a mais bela das mulheres, suplantava essa falha com um cérebro ágil e repleto de conhecimento. Apesar da superioridade da sua beleza face à da irmã, Luísa já tinha percebido que, num duelo fictício entre as duas, sairia claramente em desvantagem, independentemente da profundidade dos decotes que usasse.

Isabel evitava pôr em evidência o que a distinguia de Luísa. Simplesmente, era uma batalha que escolhia não travar. Adorava a irmã, seria incapaz de fazê-la sentir-se menor. Acreditava que o melhor do mundo era uma junção das duas: o que uma tinha em falta havia na outra em excesso. Formavam uma espécie de equilíbrio perfeito que não lhes valia de muito, visto que não eram siamesas nem dois lados da mesma folha de papel. Estariam sempre incompletas e seriam sempre imperfeitas, coisa que atestava a normalidade de cada uma. Luísa trabalhava numa vila a oito quilómetros da aldeia.

Assim que largara a escola, tratara de encontrar um emprego. Apesar de não haver muito em que trabalhar por aquelas bandas, conseguira empregar-se numa retrosaria onde atendia ao balcão. Passava os dias entre as clientes, na sua maioria velhas com pouca gente com quem falar, e o armazém onde procurava os artigos que as velhas lhe pediam. Nos tempos mortos, quando tinha a loja vazia, cantava as músicas que passavam na rádio. Se o patrão estava fora, arriscava ensaiar uns passos de dança. Nunca tinha sonhado com uma carreira de artista, mas julgava que, se tivesse tido a sorte de nascer em Lisboa, a sua vida seria diferente. Sabia que era bonita e acreditava que alguém haveria de reparar nela e fazer dela uma pessoa importante. Era também por este seu lado sonhador e desfasado da realidade que a mãe não lhe dava muito crédito. No fundo, não tinha expectativas em relação a ela, e Luísa sabia disso. Em vez de se sentir livre da pressão materna, sentia que não era suficientemente boa para se esperar dela o que quer que fosse. Por isso não era ambiciosa nem lutava por coisa nenhuma. Pensava que nunca haveria de sair dali, daquela vida passada entre a vila e a aldeia, entre o trabalho e uma casa onde não se sentia sequer em casa.

A única altura em que se julgava verdadeiramente útil era aquando das festas de verão. Era preciso enfeitar as ruas e ela coordenava as operações. Era preciso fazer um tapete de flores na rua principal, no dia da procissão, e Luísa estava ao comando da equipa. Era preciso organizar a quermesse, fazer as rifas, escolher os prémios, e era a Luísa que cabia essa responsabilidade. Nos três meses que antecediam as festas da aldeia, Luísa brilhava. Passava os dias a correr de um lado para o outro, tinha sempre coisas a tratar e muito que fazer. Sentia-se importante, como se, sem ela, nada daquilo pudesse acontecer. Não estava muito longe da verdade. Tinha de tal forma assumido o controlo das coisas que não havia mais quem se sentisse com força para organizar tudo aquilo em que ela punha o seu talento.

Luísa entrou apressada. Deu um beijo à mãe e acenou de longe a Isabel. Enfiou-se na casa de banho para tomar um duche rápido antes de sair. Estava em contrarrelógio para o fim de semana das festas, não se podia dar ao luxo de perder tempo com ninharias. Isabel entrou na casa de banho de mansinho, sem que a irmã se apercebesse. Luísa sobressaltou-se.

— Ai, Isabel! Que susto! O que é que queres? Tenho de me despachar, vou lá para cima cortar papel.

— A mãe alguma vez te disse porque é que só veio viver para cá com catorze anos?

— Não. Nem sabia disso, sequer. Qual é o interesse?

— Não sei. Acho estranho que nunca nos tenha contado a história dela. Só agora é que percebi que ela não viveu sempre aqui, que veio para cá com catorze anos, para vir morar com a tia Graça.

— Já lhe perguntaste? — quis saber Luísa, pondo a lógica ao serviço das questões.

— Não. Mas já percebi que há ali qualquer coisa... senão ela não tinha escondido nada.

— E achas que escondeu ou que simplesmente nunca contou porque nunca lhe perguntámos? Tu sabes que a mãe é calada.

— Eu sei. Mas não é só isso. Encontrei uns diários dela...

— Por favor, diz-me que não andaste a ler coisas da mãe às escondidas!

— Não... quer dizer, sim... mais ou menos. Só li o início. Dizia que tinha acabado de chegar aqui à aldeia, que não ia ser fácil e que nunca ia esquecer o que tinha deixado para trás... — confessou Isabel.

— Então, qual é a dúvida? Tu sabes que os tios nunca tiveram filhos. Se calhar a mãe veio para cá para os ajudar, para lhes fazer companhia, e estava triste por deixar os pais dela para trás. Não te esqueças de que tinha catorze anos, não devia estar muito preparada para essa mudança toda.

— Talvez. É capaz de ser isso, sim — disse Isabel, antes de mudar de assunto. — Olha, vais lá acima, não é?

— Vou. Vamos cortar papel hoje. Não queres vir? Dava jeito a tua ajuda.

— Não posso.

— Não podes porquê? Andas sempre muito ocupada. Não fazes nada, mas nunca podes ajudar.

— Desculpa. Vou noutro dia, prometo — disse Isabel, sabendo perfeitamente que não iria cumprir a promessa.

Isabel deixou a irmã sozinha. Encontrou a mãe na cozinha, a servir o jantar. Estava com um ar ainda mais ausente do que era hábito. Isabel, fazendo-se valer dos dez centímetros que tinha a mais do que a mãe, deu-lhe um beijo na cabeça, um afago incomum, mas que quase pedia que fosse feito naquele momento. Lurdes abriu um sorriso ténue e disse:

— Filha, ontem perguntaste-me sobre o dia do meu casamento. Fiquei a pensar nisso. Não vale a pena remexer no passado. O teu pai está morto, o meu casamento já não existe. Não há muito para contar e o que há não tem interesse nenhum.

— De certeza, mãe? Aquelas fotografias...

— Sim, Isabel, de certeza. Não quero falar nisso, não quero que penses nisso. Aproveita as férias para leres os teus livros, dá uns passeios por aí, vai ter com as tuas amigas. Mas não te rales com assuntos que estão muito lá atrás e que não trazem nada de bom.

Isabel sentia o desassossego na voz da mãe. Podia apostar que ela tinha passado o dia inteiro a pensar na melhor maneira de abordar o assunto. Como havia de dizer à filha que não queria que ela andasse a bisbilhotar coisas antigas? Não tinha sido indireta. Fora até muito assertiva: não queria que Isabel perguntasse nada e não queria responder a coisa nenhuma. A não ser que o assunto envolvesse muita mágoa e feridas impossíveis de sarar, nada daquilo se justificava, pensava Isabel. Diz-se por aí que quem não deve não teme. E a postura da mãe era tudo menos destemida.

Jantaram em silêncio, embaladas apenas pelas notícias do telejornal, ambas circunspectas e alheadas. Luísa mal se sentou, comeu em menos de nada e saiu a dizer que não sabia a que horas voltava. Ficaram sozinhas novamente.

— Mãe...

— Isabel, por favor. Não vamos voltar a falar do mesmo assunto, pois não?

Completamente apanhada de surpresa pela veemência da mãe, Isabel tremeu. Encontrava-se entre uma espada e uma parede, sem escapatória. Ou ficava em silêncio e o assunto morria ali, ou dava a volta por um qualquer atalho que, não indo ter ao que ela queria realmente saber, também não lhe punha muros intransponíveis em todos os caminhos.

— Não, não é isso. Queria só perguntar... como é que foi chegar aqui tão miúda, sem conhecer ninguém a não ser os tios?

— Foi complicado.

Isabel olhou a mãe, expectante, dando-lhe espaço para completar a explicação.

— Eu era de uma terra aqui ao pé, éramos sete irmãos, a tia Graça e o tio Eusébio não tinham filhos e a avó Irene resolveu mandar-me para cá, para os ajudar com as hortas e para lhes fazer companhia. Não gostei muito da ideia, mas naquela altura não era costume os filhos desobedecerem aos pais. Portanto, olha, vim.

— E o que é feito dos avós? — quis saber Isabel.

— Já morreram.

— E os teus irmãos?

— Andam por aí. Uns ainda estão lá na terra, outros foram viver para Lisboa e há um em França.

— Eles nunca cá vieram? — perguntou Isabel.

— Vieram ao casamento, só.

— Porquê?

— Olha, porque as viagens eram caras, o tempo era curto e todos tínhamos mais que fazer. — A resposta de Lurdes veio com os olhos postos no prato, sinal de que o rumo da conversa começava a ser incómodo.

— Depois disso nunca mais os viste? — A pergunta de Isabel, mais do que curiosidade, trazia estranheza: era-lhe difícil imaginar uma família que tivesse simplesmente perdido o contacto. Não lhe passava pela ideia deixar de falar com a irmã, a não ser que algo de muito grave se passasse entre as duas. Nada justificava este tipo de abandono, pensava Isabel.

— Não. A minha vida passou a ser aqui, eu era muito nova, acabei por me dedicar ao que tinha aqui. Ao fim de um tempo, deixei de pensar nisso, sabes? — A voz de Lurdes carregava uma tristeza, um peso, como se tudo aquilo fosse um fardo quase impossível de carregar.

— E as saudades?

— Aprendi a viver com elas. Não senti grande diferença depois de os avós terem morrido. Conformei-me, acho eu. — Pela primeira vez desde que tocara no assunto, Isabel sentiu que a mãe estava a ser completamente sincera, sentiu que não estava a esconder nada, nem fatos nem sentimentos.

— Eles não chegaram a conhecer-nos, então…

— Conheceram só a Luísa. Depois acabámos por perder mesmo o contacto. Desde que vim para cá, os meus pais foram a tia Graça e o tio Eusébio. Era mais fácil. Éramos só os três, não havia mais ninguém pelo meio. E quando a Luísa nasceu, a família recompôs-se de outra maneira.

— Gostaria de conhecer os teus irmãos, mãe — confessou Isabel.

— Filha, esquece isso. Não sei onde andam, não falo com eles há quase vinte anos. A nossa vida agora é aqui, as outras pessoas que ficaram para trás estão bem, com certeza. Não temos nada que nos ligue a não ser o sangue.

— Por isso mesmo, mãe — disse Isabel. — Gostava muito de conhecer essas pessoas com quem partilhamos o sangue.

Lurdes ficou num silêncio pesado, como se não soubesse o que dizer. Admitia a justeza do pedido da filha — era legítimo querer conhecer as origens, querer saber quem eram aqueles tios cuja existência, até agora, desconhecera. Mas, se a história fosse fácil, Isabel já conheceria os tios todos, saberia tudo de início e não teria de andar a montar o quebra-cabeças da sua própria vida.

SEGUNDA PARTE
1968

6

O lugar acordou pesado. Havia como que uma centelha no ar, como se o mundo fosse hoje um sítio mais sombrio. Era inverno, apesar de menos rigoroso do que os anteriores. A geada não tinha ainda estragado os campos, as chuvas não tinham devastado nada. Estava um frio de lareiras acesas desde o raiar do sol, de botijas de água quente, de gatos a dormir aos pés das camas. O Natal aproximava-se a passos largos e, com ele, a chegada das gentes que viriam à terra celebrar a quadra com a família. O sol despontava tímido, como uma promessa de dias mais felizes. Andava pouca gente na rua, a madrugada mal tinha dobrado a esquina. Lurdes acordou pesada. Era domingo, dia do Senhor, dia de missa obrigatória. Não acreditava em Deus.

Deixara de acreditar, melhor dizendo.

Lurdes levantou-se a custo da cama que dividia com a irmã mais nova. Era a sexta de sete irmãos — quatro rapazes, três raparigas. Herdou da mãe a beleza e a insensatez. Do pai só trouxe os olhos tristes e a propensão para o alheamento. Acordou com os galos a avisar o mundo de que o dia acabara de começar. O barulho era tal que não conseguiu voltar a dormir — nunca conseguia. Também herdou da mãe a tendência insone. Levantou-se sem fazer barulho e saiu da cama, deixando a irmã a dormir. Despertou definitivamente depois de chegar a água gélida ao rosto. Estava mais frio do que na véspera. Abriu a porta que dava para o quintal e viu o manto branco que cobria a horta. As plantações não aguentariam muitos mais dias de gelo; provavelmente perderiam toda a colheita. Deixou que os pensamentos negros se dissolvessem enquanto aquecia a água para fazer café. Não tardaria muito até que toda a gente estivesse a pé, numa agitação nervosa em preparações para a ida à missa. Era sempre assim. O domingo era o dia em que toda a gente acordava como se os esperasse um dia de grandiosos acontecimentos. Instalava-se naquela casa um ruído de fundo. A ordem das idas à casa de banho estabelecia-se de acordo com a chegada à família: os mais velhos primeiro, os mais novos no fim. Lurdes furava o sistema, não porque tivesse pressa, mas simplesmente porque não conseguia dormir e tirava o seu corpo daquela engrenagem ginasticada, deixando espaço para que os outros circulassem. A missa era às nove. Às seis e meia, já Lurdes estava pronta. Preparava o pequeno-almoço para o resto da família, engolia uma caneca de café forte e comia uma torrada de pão duro para enganar o estômago e a ansiedade. Não gostava de ir à missa. E gostava ainda menos de não ter escapatória.

Estamos em 1968, num lugarejo perdido nas profundezas do norte alentejano. Aqui não se questiona a existência de Deus. Aqui há uma religião — a católica — e o resto é folclore. Aqui as pessoas são batizadas mal se lhes limpa o vernix quando acabam de nascer. Água benta e uma cruz na testa, como se se marcasse o gado. Aqui vai-se à missa, às procissões, às confissões. O verdadeiro senhor da terra é o padre — e é assim desde tempos imemoriais. Anda-se a mando de Deus e do preceito católico, não se desafiam convenções, não há ovelhas tresmalhadas. Nos domingos e nos dias santos, a igreja enche-se com as poucas pessoas que habitam a terra, e os rituais imperam, como que a marcar território, como que a possuir todo o espaço e toda a vida daquele povo.

Saíam os nove de casa em solene procissão. Irene, a mãe, ordenava silêncio assim que se abria a porta, como se a missa se estendesse e antecipasse em todas as ruas do lugarejo. Era assim desde sempre. Gerir sete filhos com pouca diferença de idade transformara Irene numa espécie de general sem divisas. Não era preciso muito: os filhos habituaram-se desde cedo a respeitar a ordem natural das coisas — os mais novos obedeciam aos mais velhos, a mãe era superior a tudo, e o pai era intocável. Falta de respeito era coisa que se desconhecia naquela casa.

Entravam na igreja como se lá dentro estivesse o Papa. A reverência e o respeito faziam parte do código genético da família. Às nove em ponto começava a missa, com todos os habitantes do lugarejo já sentados nos seus lugares. Não eram mais de cinquenta. Todos se conheciam, todos eram, de uma forma ou de outra, aparentados. Não havia quezílias. As famílias conviviam numa paz serena e instituída. Era como se ninguém ousasse desafiar aquela espécie de ordem intrínseca. Nunca os vizinhos se tinham zangado por causa de terras, de muros ou de cursos de água. Nunca as mulheres se haviam debatido por minudências. Nunca os homens haviam disputado assuntos regados a vinho servido na taberna. Naquele lugarejo perdido no Alto Alentejo não se passava coisa nenhuma.

Ou antes: nada do que se passava era visível aos olhos dos outros, mas toda a gente tinha histórias para contar.

A celebrar a missa, solene e taciturno, estava monsenhor Alípio. Tinha cinquenta e um anos e parecia ter nascido com essa idade. O nariz adunco, as orelhas grandes e as sobrancelhas espessas davam-lhe o ar pesado e austero que ostentava desde sempre. Nunca ninguém o vira sorrir. Havia nascido ali, filho de pais sem recursos. A maneira que encontraram de o criar foi mandarem-no para um seminário para ser educado lá.

Havia de fazer-se padre, que era profissão nobre e vocação divina, ainda que este em particular não tivesse uma única célula vocacionada para a religião. Regressou à terra ordenado padre. Foi substituir o velho capelão, já surdo e sem memória. Em menos de nada, estava a presidir a missas e a benzer cabeças. Fez-se topo da hierarquia do lugarejo. As pessoas prestavam-lhe vassalagem, obedeciam às suas ordens, antecipavam os seus desejos e evitavam, por todos os santinhos, fazê-lo zangar-se. Se houvesse um rei, seria ele. E monsenhor Alípio não tinha problema nenhum em circular montado naquele pedestal. Gostava da atenção e do temor que causava. Apesar de desprovido de vocação, julgava que podia perfeitamente ser exemplo vivo do temor a Deus. Era daqui que vinha a sua ausência de sorrisos, a sua rispidez, a sua secura. Ninguém lhe perguntou se queria ser padre. Deus nunca o chamou para tamanha empreitada. Mas, se tinha de ser padre, então seria à sua maneira. Começou a missa num tom apocalítico. Era sempre assim. Gostava de olhar para a nave da igreja e de ver os fiéis devotos quebrados de medo. Todos eles, todos, tinham contas a acertar com Deus. Mas como

Deus não habita por estas bandas, prestar-lhe-iam as contas a ele, o mais alto representante de Deus na Terra. Naquela terra, pelo menos.

Lurdes e os irmãos mantinham-se num silêncio sepulcral. Os pais nem pestanejavam. Já não precisavam de mandar os filhos calar-se: estavam ensinados, já sabiam de cor as regras e conheciam na pele o que acontecia quando se obstinavam e as quebravam como quem parte pratos. Era escusado, por isso ficavam os sete em fila, inertes, enquanto a missa durava. Nos outros bancos, as pessoas mantinham o semblante carregado, prova viva do tal temor a Deus. Ouviam as homilias julgando que todas se dirigiam a si, os ombros carregados de culpas que não tinham, o medo a impor-se, pesado e cruel.

Monsenhor Alípio sabia o poder que tinha e fazia questão de o usar. Gostava de ver aquela gente curvada perante a sua figura, ainda que não lhe devessem nada, ainda que nenhum tivesse sequer um pecado para amostra. Ninguém ousava desafiá-lo. Ninguém exceto Lurdes. Aquela catraia de treze anos era uma personificação do Diabo, enviada por Deus à Terra para o testar. Sentava-se sempre entre os irmãos, discreta, quase imóvel. Mas monsenhor Alípio conseguia ver os pensamentos dela como se voassem. Sabia que ela estava ali mas não estava. Cumpria todos os preceitos, mas estava sempre ausente, os olhos a queimar fagulhas longe dali. Perdia-se muitas vezes naqueles cabelos dourados, naquela pele morena. Um demónio cuja missão era puxá-lo para o inferno dos comuns mortais. Depois do sermão, a hóstia. O povo enfileirava pela igreja, costas curvadas, narizes apontados ao chão numa reverência absurda e pesada. Lurdes entre os irmãos, a fingir a devoção que não tinha, resignada àquela obrigação semanal que nada lhe dizia, que nada lhe acrescentava. Quando chegava a sua vez, estendia as mãos, desenhava com os lábios um «Amém» que, para ela, não significava coisa nenhuma, e aceitava das mãos de monsenhor Alípio aquele pedaço de pão ázimo que se lhe colava ao céu da boca, como que a avisá-la da sua heresia. Regressava ao seu lugar, ajoelhava no genuflexório e deixava que o pensamento se libertasse dali para fora, que saltasse veloz para além daquelas quatro paredes frias e sufocantes. Enquanto a hóstia se derretia na sua boca, Lurdes desejava fervorosamente ser libertada daquela prisão sem grades. Desejava um futuro que sabia que nunca haveria de chegar: um trabalho na cidade, uma família mais comedida e menos agrilhoada, uma vida tranquila, sem fantasmas vivos a ensombrar o alinhamento dos dias. Voltava a sentar-se cansada, pálida, como se tivessem acabado de sugar-lhe todo o sangue, e ficava em silêncio até ser dada a ansiada ordem que dizia ao povo: «Ide em paz e que o Senhor vos acompanhe.»

No altar, o padre fervia por dentro. O demónio louro num desafio constante era uma cruz excessivamente pesada. Já tinham passado demasiados anos sem que se comprometesse, sem que sucumbisse, e monsenhor Alípio sentia-se cada vez mais frágil, cada vez mais enfeitiçado. Ouvira falar disto nos seus tempos de seminário: Deus envia à Terra seres que apenas carregam consigo o propósito de tentar os fortes. Geralmente são mulheres que não servem para mais do que isso: testar limites de quem deve a Deus a mais profunda retidão. Apesar da sua falta de vocação católica, monsenhor Alípio era um homem de convicções férreas. Se lhe tinha calhado em sorte ser padre, pois então seria padre a preceito, sem desvios nem ocorrências que lhe manchassem o curriculum ou a suposta santidade. Acreditara piamente nisto — até ao dia em que se achara perante aquela tentação em forma de rapariguinha. Era-lhe difícil dizer a missa sem pensar nisto. A sua mente flutuava constantemente para as curvas que começavam a desenhar-se em Lurdes. Haveria de ter um peito farto, tinha a certeza. Não seria nunca a rapariga mais bonita do lugarejo, mas tinha nela tanta volúpia, um fogo tão aceso, que era impossível não o ver. Obrigava-se a afastar estes pensamentos; era por isso que recorria ao seu tom de voz forte e austero, para que também ele se impusesse sem falhas na sua mente.

No final das missas, monsenhor Alípio tinha por hábito acompanhar ao adro os crentes. Colocava-se à porta da igreja e cumprimentava-os um a um, desejando-lhes um bom domingo e ordenando-lhes que não prevaricassem nem ofendessem a Deus durante a semana que estava a começar. Na verdade, aproveitava aquele momento para tomar, entre as suas, a mão de Lurdes, que fugia dele assim que podia. Nada dava mais prazer ao padre do que apertar aquela mão pequena, sempre suada. Passava-lhe um dedo gordo pela palma da mão, um movimento lento e lascivo, enquanto a olhava nos olhos e lhe dizia que a queria ver no confessionário, que já há muito não pedia perdão pelos pecados que ele bem sabia que Lurdes tinha. Tudo lhe servia de pretexto para tentar apanhá-la sozinha, e ela precisava de ser exímia na arte de fugir. Felizmente, Irene sabia que a filha era garota comportada e não insistia para que se confessasse. Tinha-a sempre debaixo de olho e julgava que ela nada teria a confessar — e estava certa.

Regressaram a casa no mesmo silêncio com que tinham saído. Era como se a missa ainda durasse — e este sentimento só desapareceria à hora do almoço, quando voltava a reinar o ruído típico de uma família de nove na qual ainda havia sangue novo a pulsar. A dança era sempre a mesma: as raparigas ajudavam a mãe a fazer o almoço, os rapazes sentavam-se à lareira, no inverno, ou no quintal, no verão, a jogar às cartas com o pai. Naquele dia frio de novembro não foi diferente. Irene deixara encaminhado um cozido, que terminou a tempo de pôr à uma na mesa. Lurdes ia cantarolando enquanto distribuía os pratos e os talheres, já a sentir a leveza da distância que a separava da igreja. Almoçaram tranquilamente, um domingo igual a todos os outros. A meio da tarde, Lurdes perguntou à mãe se podia ir a casa de Alda, a sua amiga mais chegada. Saiu com a recomendação de não se demorar e de estar de volta antes do anoitecer. Alda não morava longe, Lurdes fazia o caminho de olhos fechados, habituada que estava a percorrer aquelas ruas até se encontrar com a amiga. Apressou-se por entre os pingos de chuva que começaram a cair, mas não tanto que corresse desalvorada pelas ruas. Antes de chegar à bifurcação onde terminava a sua rua, Lurdes sentiu uma mão pesada agarrar-lhe o ombro. Foi puxada e soltou um grito que calou assim que viu quem a segurava. Apesar de ainda ser dia, aquela era uma rua que terminava num carreiro de hortas e de quintais onde pouca gente passava, e isso tinha tanto de sossegado como de perigoso. Lurdes perdeu o fôlego, encostada a uma parede gelada, a água da chuva a escorrer-lhe pelo cabelo, a sua força a não significar nada perante aquelas mãos fortes que a agarravam como se segurassem em si todas as certezas do mundo. Sentiu-se roubada à sua realidade, quebrada por dentro e por fora. Ao longe, um par de olhos observava a cena com raiva e nojo — nem tudo estaria perdido, e quem se perde por cem pode bem tornar a perder-se por mil. Largada no banco de pedra ao lado da entrada do lagar, Lurdes chorou.

Não chegou a ir a casa de Alda. Demorou-se mais do que queria: fechou com força os olhos, segurou os joelhos com os braços, o corpo fraco e já perdido. Gelou ainda mais, ensopada até aos ossos pela chuva que não parou de cair. Perdeu o rumo e não soube o que fazer a seguir, nem a quem pedir socorro. No seu íntimo, sabia que não havia quem a pudesse salvar e não havia já nada de que ser salva. Sentiu na cabeça um novelo que se apertava à medida que os minutos passavam. Deixou-se ficar até que o dia começou a cair. A chuva parara entretanto e o tempo que ali ficou secou-lhe a roupa no corpo. Só quando sentiu que poderia regressar sem que lhe fossem feitas perguntas tornou a levantar-se do banco e voltou para casa.

7

Não foi preciso muito para que estalasse no lugarejo uma espécie de motim. Apesar do frio e da roupa grossa a esconder o corpo, fevereiro trouxe a Lurdes as mãos pousadas sobre a barriga em crescendo. Mal a sua forma começou a mudar, o lugarejo soube. Não é no espaço que as coisas circulam à velocidade da luz, é nas aldeias.

Lurdes já sabia — soube quando a menstruação se escusou a aparecer na data prevista, logo ela, que era tão certa. Soube antes, talvez; deu por si a pensar várias vezes nesta possibilidade — e se eu agora estiver grávida? Não se enganou. Aquele dia triste e zangado deixou-lhe no corpo uma marca eterna. Já não era só a má memória daquela tarde, das mãos fortes a segurarem-lhe os ombros. Já não era só o asco que restou em si, o medo e a fragilidade. Agora era também um ser pequenino a crescer-lhe nas entranhas. Em breve começaria a mexer-se e Lurdes sentiria a toda a hora o passado a pontapeá-la por dentro. Por muito que quisesse apagar aquele dia, não seria capaz. Deus não fora benevolente consigo — tinha-lhe deixado aquela herança pesada a arredondar-lhe cada vez mais a barriga, não a poupara de maneira nenhuma: não a salvara naquela tarde nem lhe tirara a criança do ventre. Dera-lhe uma recordação eterna da coisa mais horrível que poderia ter-lhe acontecido e, pior do que isso, uma recordação que apenas poderia amar, porque não havia outra coisa que pudesse sentir pelo filho a não ser amor.

Guardava em si a angústia de lhe terem roubado um bocado grande de si, deixando em troca um bocado ainda maior.

Lurdes tentava disfarçar a barriga agasalhando-se cada vez mais. Vestia-se em camadas que pareciam não ter fim, cobria-se com um casaco grosso, herdado do irmão mais velho. Mas uma mãe conhece bem as filhas que tem, e Irene não era diferente. A meio de fevereiro, numa manhã de chuva torrencial, Irene irrompeu pelo quarto de Lurdes adentro. A filha estava em pé, a pentear-se em frente a um espelho pequenino. Num segundo a mãe entrou no quarto, no segundo seguinte pousou as mãos na barriga da filha, traçou-lhe o ventre redondo com os dedos, olhou-a nos olhos e deixou-lhe na face a marca quente da mão direita.

— Puta!

Saiu conforme entrou, de rompante, uma fúria imensa nos pés, um grito fundo a chamar pelo marido. Largou desvairada pelo quintal até encontrar Ezequiel, que tinha ido buscar os ovos à capoeira.

— A tua filha está grávida.

— Qual delas?

— A Lurdes.

Ezequiel deixou nas mãos da mulher o cesto com os ovos ainda mornos e subiu a passos largos a ladeira que o levava de volta a casa. Foi encontrar Lurdes sentada em cima da cama, o rosto enterrado nas mãos, os olhos raiados de tanto chorar. Olhou-a, furioso e despeitado, a honra de uma família inteira perdida naquela barriga carregada de vergonha.

— Quem é que te pôs assim?

Lurdes não respondeu; não sabia o que responder. Não sabia como contar ao pai o que se passara naquela maldita tarde de novembro. Por isso ficou em silêncio, os olhos pregados ao chão, o rubor da vergonha a trepar por si como uma epidemia.

Tinha o rosto ainda quente da bofetada da mãe e achou que caberia ao pai a tarefa de a sovar como se ela fosse uma menina malcomportada, e não a rapariga, quase mulher, que não podia contar a verdade acerca daquela criança que seria parte da família dali a meia dúzia de meses.

— Quem é que te pôs assim, Lurdes? Quem é que te fez isso?

Continuou calada, a respiração suspensa naqueles segundos que lhe pareceram intermináveis.

— És uma vergonha! O que é que vai ser de nós? O que é que as pessoas vão dizer? Tenho nojo de ti. Nojo!

As lágrimas corriam, imparáveis, pelo rosto de Lurdes. A voz tinha-lhe fugido com o medo e, ainda que quisesse dizer alguma coisa, não teria sido capaz. O pai virou costas e saiu do quarto batendo com a porta. No corredor, dois irmãos e as duas irmãs ouviram a conversa e perceberam rapidamente o que se passava. Os rapazes ficaram no corredor, ainda meio estarrecidos com a novidade; as irmãs entraram no quarto. Ouviram, ao longe, o pai aos gritos com a mãe — se queriam tratar o assunto com discrição, não era isso que parecia.

Filomena, a irmã mais velha, sentou-se aos pés da cama de Lurdes e não emitiu um som. Deixou-se ficar ali, estática, incapaz de reagir. Não sabia se havia de consolar a irmã ou fazer coro com os pais e mostrar-lhe que era agora a fiel depositária da vergonha familiar. Não queria ser cruel, mas não podia ser dócil; não agora, estando o ventre da irmã cheio com o filho sabe-se lá de quem. Alice, a irmã um ano mais nova com quem Lurdes partilhava o quarto, não entendia o que se passava, mas chamou a si a tarefa de dar colo à irmã, que chorava copiosamente. Abraçou-a com ternura e esperou que sossegasse. Depois, quando tudo o que restava das lágrimas era a camisa molhada de Lurdes, levantou-lhe o rosto, obrigando-a a olhá-la nos olhos. Quis fazer mil perguntas, mas, percebendo toda a gente zangada e desiludida com a irmã, talvez fosse melhor guardá-las para depois. Agora, aquilo que Alice precisava de saber era como estava a irmã. Assustada, certamente. Envergonhada, receosa, desesperada. Perguntou-lhe como se sentia, mas Lurdes não conseguiu responder. Era como se a voz a tivesse abandonado ali, sozinha naquele quarto frio. Era como se nada do que pudesse dizer conseguisse exprimir o turbilhão que lhe ia por dentro. Sentia-se como uma barragem quando se abrem as comportas e a força da água é tanta que nada que ali esteja sairá intacto. Perante o silêncio da irmã, Alice abriu o colo para que Lurdes encostasse nele a cabeça e as preocupações. Ficaram ali as três, em silêncio, a tentar mitigar a dor que teimava em arder cada vez mais.

Irene regressou então ao quarto e expulsou as outras duas filhas. Lá fora, Ezequiel continuava a maldizer a sorte que lhe batera à porta, maldição feita criança ainda longe de ser parida. Lurdes não levantou os olhos do chão enquanto a mãe, em pé diante de si, lhe perguntou mais uma vez de quem era a autoria daquela obra. Foi ali, perante aquela pergunta, que Lurdes quis contar tudo. Foi também ali que soube que nunca poderia explicar o que se passara, se nem mesmo ela entendia. Sabia o que lhe tinham feito, sabia a dor que carregava desde aí, mas não percebia porquê. Sentia-se suja e vazia, a alma arrancada a ferros e deitada fora. Deixara de ser a rapariga alegre que sempre fora para se tornar um espectro. O seu rosto ensombrou-se, a mágoa e o medo tornaram-na cinzenta e informe. Não respondeu ao que a mãe lhe perguntou. Se ao menos conseguisse esquecer o momento em que aquela criança fora gerada.

Irene quis deixar-lhe no corpo a angústia que a invadira, mas não foi capaz. Também ela era mãe, também ela carregara sete filhos no ventre; conhecia os medos, as incertezas.

Não poderia saber o que sentia a filha, grávida de homem desconhecido, mas sabia o que sentia a filha grávida, apenas. A fúria que rasgara as entranhas de Irene era agora uma tempestade apaziguada. Não havia muito a fazer a não ser esperar. Mas haveria regras: Lurdes não poderia sair de casa até que a criança nascesse. Ficaria ali, resguardada de olhares transviados e das más-línguas reinantes. Com sorte, ninguém chegaria a saber daquela criança ilícita. Claro que teria sido preciso fundar novamente esta nação para que um acontecimento destes não corresse o lugarejo em menos de um par de horas. Bastou que, no exato momento em que Irene contou ao marido que a filha estava grávida, passasse na vereda que ladeava o quintal a velha mais maldizente da localidade. Um azar nunca vem sozinho e este fez-se acompanhar de uma espécie de anunciante oficial que garantiria que não ficava ninguém sem saber o que se estava a passar.

Foi assim que os outros irmãos de Lurdes souberam da novidade. Quando chegaram a casa, traziam várias versões do acontecimento. A fazer fé no que ouviram, Lurdes estava grávida do pai, do vizinho do lado, de um rapaz que vivia na aldeia que fazia fronteira com o lugarejo e que ninguém sabia quem era, de um cigano que passara por ali, na sua rota de contrabandista, e do Divino Espírito Santo, que isto da Virgem Maria afinal parece que não é caso isolado nem fenómeno exclusivo do princípio da era cristã.

Nos dias seguintes, a gravidez de Lurdes foi o ruído de fundo do lugarejo. Não houve alma que não tivesse alvitrado qualquer coisa sobre o assunto. Irene, envergonhada e sem saber como lidar com o circo que se montou em torno da barriga cheia de Lurdes, recolheu-se em casa, passando a uma das filhas as tarefas que lhe ocupavam o tempo e que envolviam saídas à rua. Ezequiel exibiu por aqueles dias a cara mais cinzenta de que há memória. Circulou pelo lugarejo de olhos postos no chão, sem responder a quem lhe dava os bons-dias ou a quem, ousadia das ousadias, mostrava ter pouco amor à vida ao perguntar-lhe pela filha prenhe. Os irmãos de Lurdes, menos dados a embaraços, procuraram continuar com a vida ao ritmo a que era costume, sem se esconderem e sem fazerem mais alarido do que já havia. Não responderam ao que lhes foi sendo perguntado porque também eles não sabiam o que responder. Desconheciam de quem era o esperma que algemara a irmã a uma criança que ninguém queria. Não sabiam onde, nem quando, nem porquê, por isso não mentiram — diziam apenas que nada sabiam e isso, embora insuficiente para a curiosidade que corria nas veias do lugarejo, teria de bastar.

Monsenhor Alípio, acérrimo defensor dos bons costumes, esteve à beira do colapso quando soube da notícia. Jogou as mãos à cabeça e não quis acreditar. Pareceu-lhe impossível que naquela terra de que ele era senhor uma desgraça destas acontecesse. Seria certamente castigo por pecados muito maiores. Nada que o surpreendesse, porém: Lurdes era a encarnação diabólica do desejo, a razão maior de também ele ter de se confessar. A primeira reação foi uma fúria miudinha: como era possível que, no seu território, alguém se atrevesse a fazer uma coisa daquelas, engravidar sem mais nem menos uma menina que, apesar de carregada de lascívia, era apenas um projeto de mulher? A seguir veio uma raiva maior: aquele corpo angelical, isento de mácula, terreno fértil para mil e um pensamentos que o levariam direito que nem um fuso ao tribunal de Deus, tinha sido conspurcado e já não era puro. Percorreu quilómetros entre os dez metros que separavam duas paredes da sacristia, enquanto na sua mente se assistia a uma guerra épica: de um lado, a vontade de se meter naquela história, de puxar para si a responsabilidade de servir de confessor à criança agora feita mulher; do outro, a fúria que o fazia querer manter-se longe de tudo aquilo. Ganhou o elo mais forte.

Monsenhor Alípio apresentou-se à porta da família numa manhã acabada de raiar. A solenidade da batina combinava com o desagrado visível, bastando olhar para o pároco. A voz funda, ainda mais feroz do que era costume nos sermões domingueiros, não deu a ninguém margem para sossegar. Quis falar com Ezequiel, chefe daquela casa e responsável máximo por tudo quanto dentro dela acontecia. Fecharam-se as portas dos quartos, cada um ocupado pelo respetivo dono, e ficaram os homens na sala. Adivinhavam que atrás de cada porta estariam orelhas atentas à conversa. Mantiveram as vozes baixas, tanto quanto era possível controlar as expressões de vergonha e de fúria que naquele espaço se condensavam.

Ezequiel quis saber ao que ia o padre. Monsenhor Alípio, fazendo uso dos seus dotes de raposa vivida, contorceu a conversa de modo a não ser demasiado óbvio: queria que Ezequiel lhe dissesse de quem era a obra que crescia no ventre de Lurdes. No instante em que Ezequiel abriu a boca para responder, o pároco interrompeu-o: era mesmo verdade que a catraia estava de barriga? Era escusado mentir — a prova da verdade arredondaria aos olhos de todos, e não tardaria muito tempo. E não sabendo o que responder às perguntas sobre o pai, Ezequiel trocou a voz por um encolher de ombros continuado. Não sabia o que tinha acontecido, não conhecia a Lurdes nenhum namorado, nem sequer uma paixoneta. Ninguém conhecia, aliás. Sem respostas às perguntas que o atormentavam, restou a monsenhor Alípio um momento de rei no trono, ao oferecer-se para ajudar conforme pudesse, fosse ouvindo a menina em confissão, fosse passando lá por casa para conversar com ela, na tentativa de descobrir quem dividia com ela as honras daquele pecado. Claro que Lurdes não abriria a boca numa sala onde aquele homem pudesse ouvi-la — era pouco mais do que uma criança, mas há muito percebera que debaixo daquela sotaina havia tudo menos santidade. Monsenhor Alípio sabia que a probabilidade de conseguir encetar conversa com a rapariga era quase nula, mas permitia-se manter a esperança. E, fosse como fosse, aquela terra continuava a ser apenas um lugarejo alentejano: a verdade não tardaria muito a saber-se.

Os seis meses que se seguiram foram tempos pesados. Mais do que os vizinhos, eram os de casa a fazer sentir a Lurdes a cruz que carregava. Ninguém se emocionou com os primeiros pontapés da criança, ninguém se compade-ceu da mãe quando enjoou tudo e passou dias de cabeça a pender para um balde, ninguém se preocupou com enxo-vais nem com escolhas de nomes. Lurdes transformou-se no enorme elefante cor-de-rosa estacionado no meio da sala: todos a viam, todos se recusavam a aceitar. Passou seis meses agrilhoada em casa. Só saía quando o mal-es-tar era tão grande que a obrigava a procurar ajuda médica: ia ao posto clínico do lugarejo e, com sorte, apanhava lá a senhora que distribuía comprimidos e dava injeções. Era olhada de lado, não ouvia uma palavra da boca da mulher, mas regressava com uma mistura de ervas que, feita a tisana, a punha melhor.

Arrastou-se a contar os dias que faltavam para expulsar das entranhas a criança. Porém, apaixonou-se. Temera que fosse impossível amar o fruto daquela hedionda tarde de novembro, mas rapidamente percebera que não podia senão amar aquele bebê, independentemente da forma como lhe tinha sido posto no ventre. Desfiava minutos com as mãos postas na barriga, desenhando círculos infinitos, acariciando o filho que trazia dentro de si. Não esqueceu a maneira como lho puseram dentro, mas conseguiu que isso fosse perdendo importância à medida que lhe crescia a barriga, como uma imagem que vai desfocando conforme a vamos vendo mais de longe.

Entre enjoos e incertezas, fez ela o enxoval do filho. Era apenas uma miúda, mas tinha irmãos e sabia mais ou menos o que seria necessário. Dedicou-se a bordar passarinhos em fraldas de pano, esmerou-se nas bainhas, escolheu com carinho os tecidos, que comprou com o dinheiro que tinha no mealheiro, resultado de aniversários e Natais anteriores. Foi trabalhando no sossego do seu quarto, onde ninguém a recordava da sua condição e onde não tinha de se sentir culpada do que lhe acontecera.

Alice, à revelia dos pais, dava a mão à irmã quando não lhe era possível fazer mais nada. Nunca lhe perguntou como aquilo acontecera; pensou que Lurdes não queria contar e não teve a certeza de querer realmente saber. Não era preciso. Tinha dentro da irmã o sobrinho que, um dia, lhe ofereceria um sorriso sem dentes, e isso bastava para que as suas mãos descessem, de vez em quando, pelos cabelos de Lurdes, num gesto de carinho silencioso e envergonhado.

A pedido do desonrado pai, nenhum dos irmãos de Lurdes bateu terreno à procura do culpado do embaraço. Não lhes faltou vontade, mas fazê-lo seria dar razão à vergonha e oferecer ao lugarejo um novo motivo de maledicência.

O tempo que durou a gravidez não apaziguou coisa nenhuma: nem a angústia de Lurdes, incerta da sua capacidade maternal; nem a fúria de Irene, ultrajada na educação que dera às filhas, que lhes mandava que apenas abrissem as pernas depois de terem uma aliança no dedo; nem a vergonha do pai, chefe de uma família que era agora o principal motivo de falatório no lugarejo.

A primavera passou pela barriga de Lurdes como uma tempestade que depois se acalma, e quando o verão se instalou, naquele sufoco de ar irrespirável, chegou a hora daquela criança que carregava consigo o fardo da mudança.

8

Lurdes acusava o cansaço. A barriga crescera mais do que seria de supor, considerando a estatura pequena que a sustentava. A criança, irrequieta, não dava descanso, pontapés fortes tiravam o ar a Lurdes, que apenas se permitia suspirar angustiada, num esforço desmedido para não causar mais transtornos àquela família já destruída. Os dias passavam demasiado devagar. Lurdes contava as luas que mudavam, ansiosa por ter nos braços o filho e na barriga o vazio que a sossegaria. Pouco mais fazia do que arrastar-se pelas tarefas que continuava a cumprir, apesar de tudo. As noites eram um desassossego de insónias — os movimentos do bebê magoavam-na e a incerteza sobre o que viria a seguir roubava-lhe o ar. Não tivera coragem de perguntar à mãe o que deveria esperar, que sinais teria de que o filho estava quase a chegar.

Irene, com a revolta metida para dentro, furiosa e sem conseguir perdoar a filha, mal lhe dirigia a palavra. Não lhe passara sequer pela ideia que Lurdes pudesse precisar de si naquela altura de medos e incertezas. Fizera o filho sozinha, que se amanhasse sozinha. As irmãs, ambas solteiras e, como mandava o figurino, imaculadamente virgens, também não sabiam como ajudar. Filomena tinha visto nascer crianças — só naquela casa eram sete irmãos — mas não sabia nada sobre partos. Alice, sendo a mais nova, não fazia ideia do que estava por vir. Por isso, quando, numa manhã que despontou com vinte e seis graus, a adivinhar um dia de calor de sufoco, acorreram ao quarto de Lurdes para a encontrarem alagada por um dilúvio a escorrer-lhe pelas pernas, nenhuma soube o que fazer. E Lurdes, pequena e pálida, afogueada de calor, com o medo a dominá-la sem tréguas, não conseguiu fazer mais do que chorar e pedir, quase em surdina, que a ajudassem.

Levaram-na para o quarto dos pais e apoiaram-na para que se deitasse. As dores, espaçadas, iam subindo de intensidade, e Lurdes ia gemendo cada vez mais alto. Alice foi buscar toalhas lavadas. Molhou uma em água fria e pousou-a na testa de Lurdes. Filomena ferveu água para desinfetar a tesoura que haveria de separar o filho da mãe. Gotículas de suor escorriam pelas têmporas de Lurdes. No rosto afogueado transparecia um misto de medo e de dor. Lurdes gemia baixinho e só quando era fustigada por uma contração mais forte se permitia gritar. Irene apareceu à porta ao fim de algum tempo. Não perguntou nada — sabia exatamente o que a filha estava a sentir e sabia também que aquilo podia durar horas. Mandou sair Filomena e Alice e sentou-se aos pés da cama. Afastou a camisa de noite que a cobria até aos joelhos e pôs-lhe com cuidado os dedos entre as pernas.

— Vais estar assim um par de horas. Estás a abrir, mas ainda não se sente a cabeça do bebê. Vais ter de aguentar.

— Mãe...

Não foi capaz de dizer mais nada. Quis pedir desculpas por aquele filho de que não tinha culpa nenhuma, quis pedir ajuda, quis da mãe o colo que pouco a acolhera enquanto pudera ser menina. Irene, cansada de estar zangada com a filha, passou-lhe uma mão pelo cabelo e não disse nada. Lurdes sossegou durante uns instantes, até ser açoitada por mais uma contração. A dor, que lhe nascia nos rins e a envolvia até ao peito, roubava-lhe o ar por instantes. Depois amainava, para voltar em força dali a uns minutos — era como uma praia onde rebentassem ondas fortes e cada vez maiores.

As irmãs bateram à porta e entraram para equipar o quarto com tudo o que julgaram ser necessário para o parto do sobrinho. Perceberam, pelo olhar da mãe, que qualquer coisa mudara entretanto, já não lhe viam a raiva prestes a explodir, já não lhe viam a angústia de se sentir vulnerável perante aquela terra e aquelas gentes com que dividia a vida. No rosto de Lurdes, as marcas da dor eram cada vez mais visíveis, mas já não guardava para si os gritos nem os gemidos a que o filho a obrigava.

Ezequiel e os filhos estavam sentados no alpendre, cada um com um cigarro na mão, todos sem saber o que dizer naquele momento. Sabiam que Lurdes estava prestes a dividir-se em dois e não faziam ideia de como lidar com o que estava por vir. Do quarto chegavam gritos cada vez menos espaçados, cada vez mais profundos. Não ousaram aproximar-se, sabiam que não teriam qualquer utilidade ali, e o nervosismo que lhes crescia no peito como uma chaga começava a toldar-lhes o pensamento.

— Isto nunca mais acaba? — suspirou Ezequiel, num misto de dúvida e angústia. Nenhum dos filhos soube o que responder.

As horas desfizeram-se numa lentidão exasperante. Não houve quem pusesse almoço na mesa naquele dia e os homens, agoniados pela fome, remediaram-se com pão de véspera e queijo duro.

No quarto, Lurdes já perdera as forças para gritar. A voz escapara-se-lhe durante as horas em que as contrações a massacraram, e tudo o que lhe saía da garganta era já apenas um grasnado enfraquecido. As irmãs e a mãe, preocupadas com a demora, debatiam-se entre a vontade de chamar a parteira do lugarejo e a certeza de que conseguiriam, sozinhas, ajudar Lurdes a parir. Irene, já esquecida do que enfrentara nos últimos meses, posicionou-se ao fundo da cama, a cabeça alinhada com as pernas abertas de Lurdes. Quando percebeu o que era o tufo negro que via, mandou Lurdes fazer força, tanta quanta conseguisse. E Lurdes revirou-se ao contrário, respirou fundo e, na jovialidade dos seus catorze anos, fez-se mulher cheia de garra. Parou para recuperar forças, concentrou-se novamente, o suor a escorrer-lhe em bica por todos os poros. O sino da igreja batia as sete da tarde quando chegou à cozinha um som que não se ouvia naquela casa há treze anos. Dentro do quarto, quatro mulheres exaustas acolhiam na vida o bebê que acabara de nascer.

— É um rapaz — informou Irene.

Lurdes, quase esgotada pelo esforço, esboçou um sorriso cauteloso. Durante os nove meses anteriores não gastara muito tempo a adivinhar quem teria no ventre e tanto lhe fazia que fosse rapaz ou rapariga. Porém, quando a mãe lhe deu a novidade, não conseguiu evitar sentir-se feliz pelo filho, que nunca teria de passar pelo mesmo que ela.

— João — disse Lurdes num murmúrio.

Alice, a mais emotiva das irmãs, ia limpando as lágrimas discretamente. Não percebia bem o que era aquilo que estava a sentir. Um orgulho tremendo na irmã que, tão pequena, enfrentara aquele deserto como uma fúria, e um amor crescente por aquele bebê engelhado e pouco bonito que a irmã acabara de parir. Filomena, a refazer-se do carrossel que estava a ser aquele dia, puxou para si o sobrinho que chorava com força. Limpou-o conforme pôde e pô-lo no colo de Lurdes, como uma oferenda. Ela, exausta e cheia de dores, ainda com contrações que haveriam de expulsar a placenta, acolheu no regaço o filho que, mesmo roxo do esforço do parto e do berreiro que impunha agora à casa, lhe pareceu o bebê mais bonito do mundo. À porta, Ezequiel e os filhos aguardavam ordem para entrar. Não caberiam todos no quarto, mas arranjariam maneira de espreitar aquela criança que ainda mal nascera e já virara do avesso tantas vidas.

Lurdes acabou por adormecer embalada pelo cansaço, o filho aninhado na curva que descia do seu peito para a barriga agora vazia, mais perguntas do que certezas a povoarem-lhe ainda a mente. Era mãe. Dizia para si: Agora sou mãe, sou tua mãe, João, e o menino fazia uns barulhinhos suaves, como que a saborear aquelas palavras ditas com a maior doçura do mundo, essa que acaricia a maternidade. Alice, que antes dividia com Lurdes a cama, mudou-se para o último quarto do sótão, onde havia apenas baús e um colchão velho encostado a uma parede. Não se importava de abdicar do conforto em prol do sobrinho, mas custava-lhe não poder ficar ali toda a noite, sossegada, a olhar para ele e a tentar entender de que matéria são feitos os milagres.

9

Tinham passado dois dias. Lurdes não recuperara ainda, o seu corpo não se refizera da bizarra viagem que lhe pusera no colo um filho. As dores persistiam, não a deixando fazer mais do que cuidar do bebê. As irmãs tinham-se organizado de maneira a poderem apoiá-la, caso precisasse. Levavam-lhe comida à cama, ajudavam-na a ir à casa de banho, olhavam pelo menino enquanto ela tentava tomar um banho, apesar de mal conseguir mexer-se. O bebê, talvez ciente da situação peculiar em que aparecera naquela família, ou apenas por uma questão de sorte, era sossegado e mal se ouvia. Quando tinha fome, arriscava uma espécie de miado fininho que não incomodava e lhe garantia o que precisava, mas não mais do que isso; era como se soubesse que não era bem-vindo e que devia ser o mais discreto possível. Lurdes tinha passado as últimas duas noites desperta, a olhar com infinita doçura materna para aquele corpo pequenino e rosado que se encaixava tão perfeitamente no seu. Milhares de pensamentos emergiam descontrolados; o medo de não ser capaz de cuidar dele, indefeso e longe de merecer qualquer mal; a angústia acerca do seu próprio futuro; a violência de se saber menos desejada agora, que já não era só ela, mas ela e o filho.

Irene não voltara ao quarto de Lurdes desde que o neto nascera. Talvez precisasse de organizar dentro de si as emoções que a reviravam como um tornado. Não se sentia avó porque nunca esperara que esse epíteto lhe chegasse tão cedo. Mas a fúria e a vergonha, ervas daninhas que tinham crescido a uma velocidade incontrolável, eram agora despojos arrancados e pousados num monte, como o feno ao fundo do quintal. Queria saber da filha, ver se já estava capaz de se pôr de pé, e queria ver o neto, conhecer-lhe as feições, memorizar-lhe o cheiro e, com isso, recordar os tempos por vezes felizes, outras vezes apenas conturbados, em que, em sete ocasiões, tinha sido ela a ficar deitada numa cama enquanto o mundo se ajeitava para acolher nele mais uma criança. Adivinhava em Lurdes todas as dúvidas; também ela as tivera — com a primeira filha e com mais uns quantos pelo meio, porque, naquela época, os filhos não eram produto de aturado estudo e planeamento, mas antes loterias que iam saindo mais ou menos inesperadamente. Não sabia, ela própria, como ser avó e mãe ao mesmo tempo: a vontade de tomar nos braços o neto, de o criar como sempre fizera com os filhos, e a certeza de que ali, naquele antro minado de línguas viperinas, a filha teria trabalhos redobrados e o menino seria sempre olhado de lado. E persistia a dúvida acerca de quem tornara tudo aquilo possível: não se sabia ainda nada acerca do pai da criança e aquele era, de momento, o grande mistério que ensombrava o lugarejo. Lurdes não dissera mais uma palavra sobre o assunto nem parecia interessada em mudar de atitude, talvez esperando que o tempo atuasse como pacificador de tudo.

Bateu levemente na porta, entreabrindo-a, e perguntou baixinho se Lurdes estava acordada. A filha, com o bebê a sugar-lhe avidamente o peito, fez sinal à mãe que entrasse. Esboçou um sorriso cansado e afastou as pernas para que Irene conseguisse sentar-se aos pés da cama. Não disse nada — sentiu que nada seria suficiente para derrubar o abismo que se erguera entre ambas durante os últimos seis meses.

— É bonito, ele. — Irene não soube o que mais dizer naquele instante, submersa que estava numa guerra interior entre o que lhe ordenava o coração e o que sabia ser esperado dela no meio em que viviam. Queria abraçar a filha, acolher no colo o neto, dar a ambos o carinho que talvez lhe tivesse faltado dar durante uma vida inteira. Mas fazê-lo seria chegar gasolina a uma fogueira já ateada e, para bem de ambos, achou melhor agir segundo o que lhe ordenava a cabeça.

Na noite anterior, Ezequiel mal pregara olho. Perguntara à mulher o que haviam de fazer com Lurdes e o menino, uma bomba que lhes explodira nas mãos, deixando tudo à volta pejado de estilhaços.

— O monsenhor Alípio falou comigo aqui há dias.

Irene percebeu imediatamente que as decisões que houvesse a tomar já estavam tomadas e que a ela caberia um papel meramente executório. Não perguntou nada, mas o olhar que lançou ao marido ordenou-lhe que tratasse de se explicar.

— Diz que tem uma irmã a viver para os lados de Viseu. É solteira, nunca teve filhos.

— E queres mandá-los para lá?

— Só o menino. É o melhor para todos. Ele vai ter quem o crie e a Lurdes pode ir viver com a tua irmã Graça.

— Porquê?

— Arre! Queres que a miúda continue a ser o assunto desta gente até quando? Se ficar aqui, nunca ninguém se vai esquecer disto e nem ela tem uma vida como deve ser, nem nós temos paz, nem o miúdo cresce à vontade.

Irene não conseguiu abrir a boca. Se a abrisse, sair-lhe-iam impropérios a galope, como pedras arremessadas diretamente à cabeça do marido. Não havia muito que pudesse dizer. Apesar da força que sempre tomara como sua, apesar de ser o cérebro daquela casa, sabia que estava à mercê das decisões do marido e que, num tema tão importante, não lhe restaria senão concordar. Disse que daria a notícia a Lurdes em breve e quis saber quando Ezequiel estava a pensar mandar o neto para Viseu. «O mais depressa possível», foi a resposta que obteve. Explicou calmamente que seria bom para o bebê poder estar com a mãe mais uns dias, ajudá-lo-ia a medrar, fortalecê-lo-ia.

— Ele faz-se. Há muitos que crescem sem mãe e não morrem por causa disso. E não vai ser deixado numa valeta qualquer, vai para uma casa e vai ter quem cuide dele. É melhor que ela não se afeiçoe muito ao gaiato.

A Irene pareceu óbvio que Lurdes já estava mais do que afeiçoada. Não era afeição aquilo que vira quando entrara no quarto e se sentara aos pés da cama — era amor materno, inabalável, apesar da idade tenra de Lurdes, indestrutível, apesar de tudo o resto. Não teve como explicar ao marido aquilo que a ela lhe parecia demasiado claro para precisar de ser dito: Lurdes morreria por dentro quando lhe dissessem que teria de se separar do filho.

Quis chorar e lamentou-se por ter passado seis meses a combater o que não haveria como contornar: entre aquela mãe e aquele bebê havia um nó que não seria possível desatar. E, entre ela e a filha, as diferenças dissiparam-se enquanto cresceu a barriga de Lurdes e uma e outra eram agora a mesma coisa: mães que amavam os filhos, mães que fariam o que houvesse a fazer para os proteger.

À noite, deitada na cama, Irene chorou. Não se lembrava da última vez que tinha chorado de tristeza; não sabia sequer se já teria sentido alguma coisa remotamente parecida com aquele vazio que a minava agora. Depois da tristeza, veio a fúria de se saber inútil à filha; não havia nada que pudesse fazer para mudar a cruz que teriam todos de carregar.

10

Lurdes não conseguira dormir mais do que uma ou duas horas seguidas. Ao mínimo barulho que o filho fazia, acordava em sobressalto. Achou-se cansada, a cabeça a latejar e o peito, agora já cheio de alimento para o bebê, a limitar-lhe as posições em que se sentia confortável. Sabia que aquilo haveria de passar, sabia que recuperaria as forças e a agilidade, sabia que em breve tudo seria uma história para contar mais tarde. Mas custava-lhe. Não se queixava. Não queria incomodar ninguém, nem queria que se preocupassem consigo. Deixava que cuidassem de si quando achavam que era altura, mas não pedia mais do que o que lhe davam. A João não faltou o peito da mãe, nem os olhos que o miravam de tempos a tempos. Não demorou muito para que Alice, agora tia feita de ternura, se tornasse uma sombra do bebê. A não ser que a mãe a chamasse e incumbisse de alguma tarefa, não saía de perto do sobrinho, e perdia noção do tempo enquanto o fixava com um olhar que não continha nada além de amor.

No dia em que João fez quinze dias, já Lurdes estava capaz de tratar dele, de si e da lida da casa como se não tivesse nascido bebê nenhum. Monsenhor Alípio fez-se anunciar com mais estrépito do que seria necessário. Ao vê-lo plantado na sala, com um ar ainda mais sorumbático do que era costume, Irene sentiu que lhe fraquejavam as pernas. Deitou ao marido um olhar incendiado e saiu devagar para o quarto de Lurdes.

Encontrou a filha a dar de mamar ao neto, o pequeno silenciado num sono profundo, a boca a sugar cadenciadamente o peito da mãe. Antes de ter largado uma palavra, já Irene limpava com discrição uma lágrima apressada.

— Lurdes... Está ali o monsenhor Alípio.

— O que é que ele quer?

— Filha, preciso que prepares uma mala para o menino. Põe a roupa dele, põe a manta, as fraldas. Junta tudo o que é do bebê.

— Para quê, mãe?

— O bebê vai com ele.

— Com ele? Vai com ele aonde?

— Sim, filha. É melhor. És muito nova. Um filho agora estraga-te a vida. E é melhor para o João, que vai ter quem cuide dele, quem o trate bem e quem lhe dê uma educação como deve ser.

Lurdes não entendeu logo. Ficou parada, o filho alheio ao que se passava, a mamar tranquilamente, ela a não conseguir acreditar no que ouvia.

— Eu vou também?

— Tu ficas. Vais para casa da ti Graça.

— Não quero ir, mãe. Quero ficar com o meu menino, não quero que o levem.

— Tem de ser, Lurdes. É melhor.

Irene deixou cair a armadura e não fingiu que aquele não era o acontecimento que mudaria, sem retorno, a vida daquelas duas crianças que, apesar de separadas por uma geração, não deixavam de ser ambas crianças sem amparo.

Lurdes não largou o filho nos instantes que se seguiram. Deixou que ele mamasse até que a cabeça, adormecida na serenidade maior, tombasse, e a boquinha rosada do filho se afastasse do peito agora vazio. Chorou. Não disse nada, mas não engoliu uma lágrima sequer. Olhou a mãe numa súplica imensa, como que a pedir que a salvasse do maior dos infernos. Irene afagou a cabeça da filha, puxou-a para o seu próprio peito e ali ficaram alguns minutos os três, num dominó de afetos e cortes que sangram.

A rapariga pousou na cama o bebê e gravou cada milímetro daquele rosto que não sabia quando tornaria a ver. Arrumou o que era do filho numa mala antiga, que entregaria à mãe num gesto morto. Naquela mala, além dos pertences do menino, iam o seu coração e toda a sua esperança.

Na sala, com Ezequiel, monsenhor Alípio continuava a preleção. Que seria bom para o rapaz, poderia crescer numa terra de gente boa, a irmã era mulher de cuidados e estava à altura da tarefa, pese embora não tivesse filhos nem fosse casada. Não lhe faltaria acompanhamento nos estudos nem quem cuidasse dele, e Lurdes poderia, um dia, quem sabe, tornar a ver o filho, quando ambos já fossem mais do que imberbes crianças. Que não se preocupasse Ezequiel, que monsenhor Alípio asseguraria que haviam de ter notícias do gaiato com frequência e nada disto era razão para preocupações. Era apenas a forma racional de resolver uma vergonha que aquela família não queria certamente carregar, e uma maneira de dar a Lurdes um vislumbre de futuro — que seria da rapariga se tivesse de criar sozinha um filho, tendo ela tão diminuta idade?

O que monsenhor Alípio não sabia era que a obediência de Ezequiel não assentava na razão que aquele tinha, mas no medo. Num lugarejo tão pequeno, assumir de caras um desaire destes era dar o corpo às balas das más-línguas e pôr-se a jeito para todos os boatos. E esta família, que nunca fora mais do que uma linhagem digna e trabalhadora, via-se agora a braços com a infelicidade de ter de pôr em pratos opostos de uma balança a incerteza do que poderiam dar a Lurdes e ao bebê e a garantia de que, esquecidos o menino e a jovem mãe, a vida continuaria ao ritmo de sempre.

Lurdes desistiu. Perdeu as poucas forças que lhe restavam quando entregou à mãe a mala que preparara para o filho. Aninhou-se junto ao bebê que dormia e pediu a Deus que a levasse num sopro se tivesse mesmo de se separar do menino. Irene afastou com meiguice o neto, agasalhou-o como pôde e, cega pelas lágrimas que lhe massacravam a alma, levou-o a monsenhor Alípio. Não disse uma palavra. Beijou o bebê na fronte, assinalou-o com um sinal da cruz como se lhe pedisse perdão e voltou para junto da filha, de coração mirrado e com a maior das culpas a pesar-lhe no peito. Era a vez de tratar de Lurdes.

Monsenhor Alípio não se demorou e poupou-se a cerimónias. Agarrou no bebê com pouco cuidado e ainda menos jeito, arrastou a mala conforme conseguiu, a batina a dificultar-lhe a vida e toda a gente em redor com pouca vontade de ajudar. Caiu naquela casa um silêncio pesado. No quarto, Irene tratava agora de ajudar a filha a fazer a mala, para que se aprontasse para ir para a aldeia onde moravam a irmã e o cunhado, que se encarregariam de cuidar da menina daqui em diante, e que deveriam chegar a qualquer momento. A Lurdes haviam secado os olhos. A alma encolhida, já angustiada de saudades, sobrevivia com dificuldade. Apetecia-lhe morrer. Monsenhor Alípio, que odiava agora acima de todas as coisas — até acima da forma como aquela criança havia sido concebida —, levara com ele a última réstia de vida que Lurdes guardava. Até há alguns minutos, acreditara que, com tempo e o devido cuidado, a vida naquela casa poderia voltar a uma normalidade tolerável. Havia de crescer e de dar ao filho tudo quanto pudesse. Talvez um dia algum rapaz a quisesse para mulher e então aí a sua vida acertaria definitivamente o passo. Tudo isto foi roubado por aquele homem que, apesar de se apregoar como benevolente servo de Cristo, não era nada além de um demônio encapotado.

Lurdes não disse mais nada. Deixara de se importar. Que fizessem consigo o que quisessem, que a levassem para onde achassem que ela devia ir, que a entregassem à morte, se fosse esse o caminho. Ezequiel, calado e com a culpa a pesar-lhe na voz, murmurou um «Está na hora» quando se apercebeu de que a mulher dera por terminada a tarefa de preparar a abalada de Lurdes. Na rua, os cunhados, recém-chegados, aguardavam impacientes por que se desse por encerrada a encenação para que pudessem regressar à vida de todos os dias, agora com o acréscimo de terem a cargo a sobrinha, a quem tentariam limpar a desonra por via de uma existência em marca d'água: que ninguém desse por ela era o que esperavam. À porta, os seus seis irmãos enfileirados aguardavam o derradeiro momento para entregarem a Lurdes um abraço mais ou menos atrapalhado. A rapariga, com os braços pendentes ao longo do corpo, só contrariou a letargia para abraçar

sem forças Alice, irmã de quem certamente mais sentiria a falta. Choraram as duas e, quando a porta se fechou
atrás dos viajantes, Alice permitiu-se gritar a injustiça que
acabara de presenciar e que haveria de a massacrar para
sempre.

11

Durante toda a viagem de trem, Lurdes macerava a imagem que guardara do filho. Não sabia ainda, mas, com o tempo, essa imagem dissolver-se-ia e ela deixaria de conseguir descrever aquele menino que carregara no ventre. Não havia fotografias, não sobrava nada a não ser a lembrança ácida do que lhe tinha sido roubado demasiado cedo.

Era quase noite quando chegaram à aldeia. Pelos campos, os grilos davam ao dia uma solenidade mole e tratavam da banda sonora da decadência que havia de abraçar o serão. Estava calor, como nos verdadeiros verões alentejanos. Lurdes entrou em silêncio em casa e aguardou instruções. Ocuparia o quarto de trás, virado para o quintal, que servira de arrumos até agora. Tinha uma cama de ferro antiga, que havia sido dos avós e que precisava de uma pintura e de um colchão novo, uma cómoda com gavetas perras e muitos bichos da madeira a trabalhar lá dentro, e uma arca onde poderia guardar os seus pertences. Não levava muita coisa: algumas roupas, um conjunto de lençóis puídos e um jogo de banho que a mãe comprara à cigana que de vez em quando passava no lugarejo a vender. Teria de se arranjar com aquilo até que a vida lhe permitisse comprar o que fosse fazendo falta.

A tia Graça pediu a Lurdes que a ajudasse com o jantar e decidiu que, daquele dia em diante, essa tarefa caberia à sobrinha. Seria a tia a decidir as ementas, mas era sobre Lurdes que recairia a responsabilidade de cozinhar os jantares. De dia, ficaria incumbida dos animais e da roupa. O terreno dos tios não era grande, mas dava para albergar um porco, duas cabras, uma ovelha e um carneiro, meia dúzia de coelhos e oito ou nove galinhas, que acabariam em pratos confecionados por Lurdes, mais cedo ou mais tarde. Durante o ano, haveriam de nascer as crias e o trabalho de Lurdes aumentaria, mas isso não a assustava. Não a incumbiram de cuidar da terra, coisa que Lurdes agradeceu em surdina, porque não se achava minimamente dotada para a tarefa. Não poderia continuar a estudar, agora que a sua função era auxiliar os tios. Lurdes lamentou a sua sorte. Achava-se abandonada, largada no epicentro de uma realidade completamente nova e sem nada a que se agarrar. Os tios, apesar de boas pessoas, não eram gente com quem tivesse contacto frequente. Não sabia quando tornaria a ver os pais nem os irmãos, e não imaginava como poderia sobreviver àquela prisão mascarada de vida nova. Teria de encontrar estratégias de sobrevivência. Não pensar muito no assunto e não se rebelar contra a sua sorte pareceram-lhe as duas coisas acertadas a fazer por agora.

Não conseguia deixar de pensar no filho. Não sabia como estaria o menino, se teria fome, se sentiria a falta da mãe. Não sobrava nada além da saudade e daquela lembrança ténue que haveria de se esfumar.

Nos primeiros dias, Lurdes sentiu-se uma condenada. Chorou até lhe secarem as lágrimas e sentiu-se desfalecer devagarinho. Achou que não sobreviveria. Antes do filho, não questionava a vida. Os dias corriam ao ritmo das tarefas, sempre iguais, sempre sem surpresas e sem nada que os tornasse inesquecíveis. Depois do filho, veio a alegria. Apesar de ter morrido por dentro no instante em que ele foi posto dentro de si, apesar do medo e da angústia, das incertezas e da vergonha, Lurdes havia conhecido a felicidade mais simples. Naquele corpo pequenino, naqueles olhos grandes, guardavam-se todas as graças do mundo. Por isso, quando se viu sem nada, sentiu-se uma árvore despida, incapaz de cumprir os mínimos que garantissem que continuaria viva.

Os tios deram-lhe tempo. Também a julgaram em silêncio quando souberam desta nova cruz que a família teria de carregar, mas rapidamente entenderam que cabia à sobrinha um papel menor. Ela própria uma criança, não poderia mais do que fazer o que lhe ordenassem. Alguém decidiria o seu futuro por ela, e isso era algo com que os tios não se coibiram de compactuar. Graça, mulher de coração ressequido pela ausência de filhos, abatia sobre Lurdes todas as culpas. Não sabia como é que a sobrinha tinha engravidado, mas havia de ser, com certeza, culpa dela, ingénua e até um pouco palerma, que não sabia defender-se e que teria certamente provocado quem quer que lhe tivesse plantado o filho no ventre. No fel que lhe escorria pelos cantos da boca sempre que falava no assunto, Graça carpia a mágoa de não ter, ela própria, sido merecedora de um ventre fecundo e cheio que brotasse cá para fora gente que lhe seguisse os passos. Eusébio, homem austero e de poucas palavras, não falava do que não podia assegurar. Também ele fora jovem e tivera sangue na guelra — e alguma dificuldade em segurar as calças no lugar, ainda que não lhe dessem autorização para as tirar. Ele conhecia bem a natureza máscula que tornava imprescindível o sexo, onde, quando e com quem fosse possível. Abstinha-se, por isso, de tecer considerações, e não guardava para a sobrinha todas as culpas — longe ia já o tempo em que acreditara que tanta vontade era apenas fruto da sedução feminina.

Certa de que Lurdes precisaria de se tornar parte da terra onde vivia agora, Graça chamou Juliana a casa. A rapariga, corpo miúdo para os dezesseis anos que tinha, morava três casas abaixo e, como Lurdes, deixara de estudar para ajudar os pais no trabalho do campo. Sem cerimónia, apresentou-as sem se preocupar em dar demasiada importância à razão que trouxera Lurdes ali. Haveriam de se entender, se Deus quisesse. Conhecia Juliana desde que ela nascera, sabia que era uma miúda sossegada e bem-disposta, que havia de fazer bem a Lurdes, se a sobrinha não se fechasse numa concha. Juliana, que talvez tivesse uma sensibilidade diferente, percebeu que pesava sobre Lurdes uma tristeza aguda, mas, não querendo assustá-la, não lhe fez perguntas nem se intrometeu. Um dia, se quisesse, Lurdes haveria de lhe contar tudo. Nessa altura, ajudá-la-ia conforme pudesse. Talvez tivesse apenas de escutar. Haveria de cumprir o papel que, entretanto, lhe coubesse. Lurdes, embora não totalmente satisfeita por ser obrigada a interromper o seu recolhimento, aceitou beber um chá com Juliana ali mesmo, na mesa da cozinha. Não sabia exatamente o que dizer. Não queria contar por que viera viver para a aldeia. Mas não queria mentir. O silêncio impôs-se como única opção e foi entre murmúrios de circunstância que se passou aquela primeira tarde. Juliana não se importou — pensou que, se estivesse no lugar de Lurdes, acabada de chegar a um sítio onde raramente fora, para mudar completamente de vida, também ela quereria apenas um canto onde ficar sossegada.

O tempo opera milagres ou ilusões perfeitas. Conforme os dias foram passando, Lurdes foi perdendo o ar fúnebre que trazia consigo. Deixou de dar por si a chorar interminavelmente, voltou a sentir fome e sono, deixou que o tempo a puxasse de volta à vida e àquela rotina morta e sem propósito. Cumpria o que esperavam dela e desejava que isso fosse suficiente.

O outono chegou sem cerimónias. O calor apaziguou-se e, com os dias que se encurtaram, chegaram também as primeiras manhãs de frio. Não houve um dia em que Lurdes não tivesse pensado no menino. Percebeu que o que mais lhe custava era não saber. Se ao menos lhe garantissem que ele estava bem, a crescer como era devido, que já não sentia a sua falta nem precisava de si para nada, talvez Lurdes conseguisse uma tranquilidade que, apesar de superficial, teria de ser suficiente. Perguntou uma vez à tia se tinha notícias de João. Graça, com a mesma amargura de sempre a guiar-lhe os gestos, atirou-lhe um «não» seco e quase mortal. Pensou em perguntar pela mãe, mas receou que a tia se zangasse e a punisse por estar ali com a cabeça noutros lados. Tinha saudades das irmãs, que eram as amigas que lhe restavam. Mas nem essas lhe haviam dito nada. Se ao menos elas lhe tivessem escrito, talvez a solidão lhe pesasse menos.

A poucos quilómetros dali, Alice chorava a perda do sobrinho como se o menino lhe tivesse saído das entranhas. Não compreendia ainda de que maneira esta separação faria bem a quem quer que fosse. Talvez fosse demasiado jovem para entender todas as deambulações do mundo, mas esta, cruel e apontada ao coração, era demasiado feroz para que a pudesse entender. Perguntara à mãe vezes sem conta: «Porque é que não os trazemos de volta?» Irene, vazia de palavras, nunca respondeu — deitava à filha um olhar que carregava dor e resignação, e nunca respondia.

Também Irene adormecia a chorar. Era avó, e o neto fora-lhe arrancado como se arranca um dente que não tem salvação: sem anestesia, com urgência, sem piedade. Não conseguia encarar o marido como antigamente. Agora ele era cúmplice de um crime maior. Nada que ele dissesse ou fizesse podia ilibá-lo desta culpa. Não fora a sua complacência e o seu temor ao clérigo e João ainda estaria ali, a crescer alimentado a peito, com tempo para se fazer menino, depois rapaz e, por fim, homem. Não era que lhe tivesse raiva — queria acreditar que havia em tudo uma razão superior e que, com o tempo, todos veriam que fora melhor assim. Mas sentia-se agredida e arrastada para uma corrente da qual não conseguiria sair, e o marido era recordação constante de que aquela era uma situação irreversível.

Nunca, durante aqueles dias, monsenhor Alípio se dignara a dar-lhes notícias do neto. Sabiam apenas que o garoto tinha sido entregue à irmã do padre e nada mais. Irene calculava que o menino, ainda tão pequeno, não estivesse tão bem tratado como estaria se continuasse ali, com eles, avós de fato, e com Lurdes, uma mãe que não merecia ter visto o filho ser-lhe arrancado da vida assim, de rompante.

A filha era outra preocupação, ainda que menos acirrada. Estaria bem, com certeza. A irmã e o cunhado nunca lhe tinham dado razões para questionar quão bem a filha lhes ficaria entregue. E Lurdes tinha, no fundo, a possibilidade de uma vida nova. Poderia viver com mais tranquilidade ali, onde, por ninguém saber da existência do bebê, não seria olhada de lado nem posta de parte. Poderia aprender um ofício — quem sabe, fazer-se costureira como Graça fora na sua juventude. Poderia encontrar um rapaz que a quisesse para mulher e lhe desse a vida que alguém lhe roubara em novembro do ano anterior. A Irene não faltava a esperança. Ou talvez fosse apenas uma artimanha para se impedir de pensar em quão mal haviam agido todos, secundando um homem que nada sabia da vida deles e que nunca deveria ter passado da porta da entrada.

12

Com as chuvas e o frio em crescendo, o inverno instalou-se, violento. As dores desapareceram devagar, Lurdes conseguiu serenar e permitiu-se atravessar os dias já sem aquela mágoa cortante a esganá-la. Não passou um dia sem que se lembrasse de João, sem que se perguntasse como estaria: já se sentaria, já engatinharia, já comeria coisas à colher, sorriria para quem lhe pegasse, conseguiria dormir de noite na ausência da mãe, que estava longe e tudo o que queria era estar exatamente no mesmo espaço que ocupava o filho. Lurdes, que nunca fora de muitas palavras, tornou-se ainda mais silenciosa. Só abria a boca quando não tinha alternativa. Obedecia a tudo o que a mandavam fazer, mas não fazia mais do que aquiescer com a cabeça às ordens ou pedidos. Nos últimos meses, sorriso nenhum se lhe formara no rosto. Estava oca e não tencionava esconder isso de ninguém porque, ainda que tentasse, não seria capaz. Esteve assim quase dois anos, como se fosse apenas um espectro, o contorno de um corpo sem nada dentro.

A dada altura, Graça, já cansada de tanta negritude, começou a pedir a Lurdes que a acompanhasse com mais frequência nas compras, evitando que a sobrinha fosse uma espécie de refém naquela casa. Lurdes, contra vontade e sem entender o propósito da mudança, acedia como sempre e acompanhava a tia a fazer as vezes de sombra, sempre três passos atrás, a cabeça baixa, as mãos enterradas nos bolsos ou a segurar os sacos e as cestas de verga, quando estava de regresso. Numa das idas à feira, apareceu Joaquim. O rapaz, alto para os seus dezesseis anos, a barba a começar a despontar, o cabelo sujo a enquadrar-lhe um rosto que não tinha nada de realmente marcante, aproximou-se de Lurdes devagar, enquanto ela escolhia uma abóbora na banca das hortaliças. Ficou ali parado, em sentido, como se congelado perante qualquer coisa que acabara de ver. Lurdes demorou a dar por ele. Quando lhe sentiu o olhar preso nas costas, girou ligeiramente a cabeça à procura do que conseguira incomodá-la assim, de longe e sem lhe tocar. Viu-o e deve ter transformado o olhar numa caverna de gelo. Joaquim baixou os olhos, descaiu os ombros e desviou-se sem tornar a olhar para ela, desejando nunca ter visto aquela rapariga que se tinha instalado dissimuladamente na sua cabeça.

Joaquim era oriundo dali, tinha nascido no seio de uma família de poucos recursos, como quase todas as outras famílias. Trabalhava nos campos com o pai — era tratador dos cavalos de um dos homens ricos da aldeia e vivia uma existência sem esperança. Nunca sairia dali, nem tinha essa ambição. Aquele dia não fora o primeiro em que Joaquim vira Lurdes — já dera por ela umas semanas antes, também na feira, mas deixara-a ir sem se aproximar. Perguntara à mãe quem era aquela rapariga, mas esta não soube o que lhe responder. Por viver numa espécie de reclusão, num dos limites da aldeia, estava fora dos falatórios habituais, e a tia conseguira poupá-la ao escrutínio da mole humana que ali habitava. Joaquim deixara-se estar, intrigado, até que tornara a encontrá-la agora. Não repetiria o erro de deixá-la ir sem se aproximar. Apresentar--se-ia, perguntar-lhe-ia quem era, se morava ali ou se era de fora e estava apenas de visita à feira. Nada disto se passou — o momento ficou por acontecer, entre a violência do olhar de Lurdes e a timidez de Joaquim, que não quis incomodar aquela rapariga que talvez até não tornasse a ver.

Graça, porém, dera conta do que aconteceu. Sabia quem era Joaquim e não demorou muito a reparar na forma presa como mirava a sobrinha. Deixou-se ficar a ver onde ia aquilo tudo parar se não interviesse. Quando viu o olhar que Lurdes lançou ao rapaz soube que teria de se intrometer, sob pena de não voltar a surgir oportunidade tão boa quanto aquela. Quando regressavam a casa, a tia disse a Lurdes:

— Aquele rapaz que estava a olhar para ti é o Joaquim. É de cá da terra. Tem uns dezesseis ou dezassete anos, não sei bem. É de uma boa família, não te preocupes.

Lurdes, como sempre, não abriu a boca. Fixou os olhos nas pedras que lhe iam ficando por debaixo dos pés, encolhida e envergonhada, sem saber o que dizer à tia. Continuou a andar, na esperança de que a tia não tornasse a puxar o assunto, que morreria se ninguém lhe tocasse. Mas a tia, sabendo que na terra não abundavam os rapazes da idade de Lurdes, foi incapaz de deixar o tema sossegado. Nos dias seguintes, foi ordenando a Lurdes que a acompanhasse a cada vez mais sítios. Iam juntas ao pão, ao leite, à fruta, à missa, à casa das vizinhas que era preciso visitar no âmbito de qualquer coisa que precisasse de ser falada. De vez em quando, cruzavam-se com Joaquim, que se mantinha à distância, embora incapaz de desprender os olhos de Lurdes. Graça foi notando estas movimentações mais ou menos discretas e decidiu esperar até que o momento chegasse. Aos poucos, começou a mandar Lurdes tratar dos recados sozinha, certa de que a sobrinha percebia a intenção por detrás desta decisão, mas, ainda assim, acataria as ordens sem ripostar. Lurdes, envolta no silêncio do costume, fazia o que lhe mandavam evitando demoras desnecessárias. Mas, à medida que o tempo foi passando, deixou cair os receios e começou a não desviar os olhos dos de Joaquim, se por acaso se encontravam. O rapaz, sempre cauteloso, evitava invadir o espaço dela, não forçava encontros nem a perseguia para lado nenhum, limitando-se a olhá-la de soslaio, se calhavam a estar juntos no mesmo espaço.

Um dia, porém, deixou escapar um sorriso quando viu Lurdes, na loja, evitar com uma dança circense a queda de uma tina de leite. A rapariga, ruborizada pelo momento, não evitou o sorriso que se lhe formou no rosto, em resposta ao de Joaquim. Nesse dia, esperou por ela à saída da leitaria e, sem grandes preâmbulos, disse-lhe que se chamava Joaquim e ofereceu-se para a ajudar a levar o leite para casa. Ela, apesar de meio envergonhada pelo que acabara de acontecer, aceitou a ajuda e caminhou ao lado dele, deixando que Joaquim carregasse o peso maior. Não falaram pelo caminho. Não foi nesse dia que ele ficou a saber o nome dela, mas não se importou — agora sentia que tinha uma porta aberta e que poderia trilhar um longo caminho, se conseguisse atravessá-la. Quando chegaram a casa de Lurdes, ela pegou no que ele tinha levado até ali, sorriu, como que a agradecer a ajuda, e entrou sem olhar para trás. Não sabia muito bem o que poderia sair dali, mas percebeu que este rapaz, apesar de todas as vezes em que Lurdes lhe virara as costas, mantendo-o à distância, continuava ali, onde ela podia alcançá-lo, e não mostrava intenções de partir. Talvez fosse este o futuro guardado para si. Sabia que os pais haviam de ficar contentes por saber que ela tinha um pretendente, e acreditava que esta era a missão que a tia se esforçara por cumprir ultimamente. Deixou que o tempo ditasse os passos seguintes e deu consigo ansiosa por encontrar Joaquim pelas ruas da aldeia. Graça deixou de ter de pedir a Lurdes que lhe fizesse os recados — a sobrinha passou a voluntariar-se sempre que percebia que era preciso tratar de alguma coisa.

Com o tempo, os encontros de Lurdes e Joaquim passaram a ser certezas. Ela já sabia que, se fosse ao leite, ele estaria por ali. Ele aprendeu os horários dela e, sempre que o trabalho lho permitia, andava pelos mesmos sítios, às mesmas horas. Nas raras vezes em que Lurdes não se cruzava com ele, regressava a casa com uma ligeira sensação de vazio que depressa ganhou outro nome: saudade. Por isso, começou, ela mesma, a testar alternativas. Nunca encontrava Joaquim às segundas-feiras depois de almoço, portanto, passou a ir às terças. Nunca o encontrava antes das sete da tarde, portanto, deixava para depois as voltas que tivesse de dar pela aldeia. Foram meses de companhia quase silenciosa, meses de olhares cruzados, de sorrisos disfarçados por entre conversas com outras pessoas.

Um dia, a tia pediu a Lurdes que fosse à fonte buscar água; a do furo, amarelada e a saber a ferro, estava impossível de se beber. Nunca soube se Joaquim estava à espera que ela aparecesse no terreiro para tratar de um recado ou se foi por acaso que se encontraram quando ela se preparava para tomar o caminho de terra batida que levava à fonte. Ele fez menção de a acompanhar e ela não o impediu. Deu-lhe para as mãos um dos garrafões e seguiram em silêncio, o dia prestes a terminar, apesar de faltar ainda um bocado para a hora do jantar, uma brisa fresca, mas tolerável, o outono a chegar devagar e a mudar as cores da aldeia. Demorariam pouco na fonte, apenas o tempo de recolher dez litros de água que, nesta altura do ano, corria num fio escasso pela bica. Lurdes sentou-se num murete que ladeava a fonte, à espera. Não demorou muito: Joaquim alojou-se à sua frente e, baixando-se devagar, mas sem esconder o que ia fazer, estacionou um beijo nos lábios de Lurdes. Ela, um pouco menos do que surpreendida, não fugiu nem lhe deu sinal de que aquilo teria sido evento único. Ao contrário, ficou imóvel, como que a convidá-lo a repetir o gesto enquanto se enchiam os garrafões. Ele, menos por obediência do que por impulso próprio, demorou-se nos lábios de Lurdes até que o sabor dela se lhe entranhou na língua, garantindo-lhe que haveria de querer voltar ali, à fonte e àqueles lábios, muitas mais vezes. Cheios os garrafões, pegaram cada um num deles e fizeram o caminho de regresso com as mãos livres entrelaçadas, uma combinação sem palavras a que mais tarde haveriam de chamar namoro. Quando chegou a casa, a tia soube. Não perguntou coisa nenhuma nem fez qualquer comentário. Talvez tenha sido o rubor na face (que podia ser do frio) ou o tremor das mãos (que podia ser do peso dos garrafões), Lurdes estava mudada e tinha definitivamente aberto um caminho em direção ao coração que lhe batia no peito e que abrandara severamente no momento em que lhe retiraram o filho do colo.

A Juliana bastou olhar para Lurdes uma vez. Aquele brilho tímido, tão diferente da sombra escura que sempre se abatia sobre a amiga, era prenúncio de qualquer coisa boa. Lurdes não contara nada a Juliana — não lhe falara nos encontros casuais, não lhe perguntara nada sobre Joaquim, que a amiga deveria conhecer desde sempre, com certeza. Não deixava de ser apenas uma rapariga de dezesseis anos que não sabia ainda muito do que era viver. Talvez estivesse assustada; talvez tivesse medo de que a amiga lhe puxasse os pés ao chão e lhe desfizesse qualquer ilusão que pudesse estar a alimentar. Mas, no dia a seguir ao beijo na fonte, quando se encontraram na rua, Juliana soube. E perguntou a Lurdes o que era aquele sorriso novo. Lurdes, talvez impulsionada pelo nada que tinha a perder, contou à amiga o que acontecera. «Fico feliz por ti», disse Juliana, «ele é bom rapaz». E Lurdes duvidou. Deixou que o medo se agigantasse e temeu pelo que poderia vir no embalo daquela novidade. E se nem ali conseguisse ser feliz? Talvez não merecesse e fosse essa a razão dos últimos tempos, das perdas, do tanto que deixara para trás.

13

Foi como se lhe tivessem deixado cair um rochedo em cima, na esperança de que nunca mais se reerguesse. Sentiu a força a abandonar-lhe as pernas, teve vontade de se entregar ao choro e à revolta. Não soube como salvar-se do que sabia que a esperava. No dia em que, à hora de começar a missa, viu dois padres paramentados em vez de apenas um foi como se morresse um bocadinho. Ao lado do padre Firmino, pároco que assegurava os serviços na aldeia, estava monsenhor Alípio, a mesma pose altiva e contundente de sempre. Lurdes, sentada entre Juliana e Joaquim, sentiu-se fundir com o banco, reação descontrolada de quem não queria ser vista. Mas foi. Quando o padre Firmino aproveitou a homilia para apresentar monsenhor Alípio, que ficaria responsável pela paróquia dali em diante, o homem fez menção de olhar para ela e esboçar um meio sorriso, assegurando que ela sabia que ele a tinha visto. No final da missa, no costumeiro ritual de esperar pelos fiéis à porta para lhes desejar um bom domingo, monsenhor Alípio guardou para Lurdes um momento maior do que para o resto das pessoas. Quis saber como ela estava, se gostava de viver ali. Lurdes, que só queria saber do filho, começou a frase que faria a pergunta, mas foi interrompida, num claro sinal de que não descobriria nada nesse dia. O padre perguntava, mas não queria saber. Apertou a mão de Lurdes com mais força do que seria necessário. Olhou-a tendo apenas um frio cortante no olhar. Estava de volta para perto dela — poderia vê-la crescer e fazer-se ainda mais mulher do que já era. Poderia encaminhá-la para onde quisesse, fazendo dela uma espécie de boneca de barro que moldaria consoante lhe aprouvesse. Bastava que conseguisse controlar-se. Bastava que não deixasse os impulsos ganharem vantagem sobre ele. Bastava deixar de pensar nela como uma mulher — que nunca poderia ter, cortesia do voto de castidade que fizera há demasiados anos — e pensar nela apenas como uma ovelha que precisava de ser guiada no seio do rebanho. Missão difícil, tortuosa. Mas também ele era tortuoso e seria certamente capaz de manter-se estanque. Antes de deixar a rapariga ir-se embora, garantiu-lhe que a visitaria em casa e que aí poderiam conversar — um doce envenenado que para ele significava uma coisa e que ela entendeu de maneira diferente.

No regresso a casa, Joaquim seguiu calado. Tinha percebido que o padre conhecia Lurdes, mas não era seu hábito fazer perguntas. Juliana era diferente, queria saber. Lurdes não avançou muito: monsenhor Alípio era apenas o padre do lugarejo de onde Lurdes tinha saído e não havia muito mais que lhes pudesse dizer. Como explicar que se sentira observada desde sempre? Como explicar que, em várias ocasiões, sentira muito mais do que preocupação católica vinda do padre? Como explicar que tivera um filho e que o padre decidira, em conjunto com os seus pais, que o melhor seria fingir-se que tal nunca tinha acontecido, levando o menino para longe da mãe, deixando-os ambos órfãos e sozinhos, ainda que acompanhados por outras pessoas? Calou-se e esperou que não houvesse mais perguntas nem mais coisas a explicar.

Monsenhor Alípio foi rápido a cumprir a promessa: no dia seguinte, de manhã cedo, apresentou-se em casa de Lurdes.

Graça e Eusébio sabiam quem ele era, mas aceitaram, ainda assim, que ele formalizasse desta maneira as apresentações. Lurdes, encolhida num canto, debatia-se entre a pergunta que lhe queimava a garganta e o pensamento de que talvez fosse melhor tentar, mesmo que o assunto se fosse esfumando com o tempo. O padre não se demorou em gentilezas. Perguntou se poderia conversar durante dois minutos com Lurdes a sós, e os tios, mais por respeito do que por convicção no benefício de tal conversa, acederam e saíram para o quintal, onde esperaram, fingindo entreter-se com as lides que havia por fazer.

Talvez Lurdes tivesse começado imediatamente a rezar, se fosse crente. Sentiu-se gelar e enfraquecer. O padre, sem grande cerimónia, aproximou-se dela e pousou-lhe a mão no cabelo, afagando-o levemente enquanto lhe perguntava como estava.

— Estou bem... E o meu menino? Tem tido notícias dele?

— O pequeno está bom, não te preocupes. Está a ser muito bem tratado, a minha irmã cuida dele como se fosse filho dela, ele há de fazer-se um homem em condições, vais ver.

— Quando é que posso vê-lo?

— Ó Lurdes, é melhor não... O garoto já se habituou à minha irmã, é melhor não o baralharmos.

— Eu sou mãe dele...

— Eu sei. E um dia ele também vai saber. Mas agora, enquanto é pequeno e não entende nada, é melhor assim.

Dos olhos de Lurdes saltaram duas cúspides. Percebeu, nesse momento, que o propósito de tudo aquilo não era facilitar-lhe a vida nem dar ao menino a hipótese de um futuro menos incerto. O que todos procuravam era esconder o que ela carregaria para sempre como um fardo, ainda que nada entendesse. Não sabia porque tinha sido engolida viva por aquele homem, numa tarde de dilúvio, em novembro; não entendia porque a tinham escondido nos meses em que a barriga lhe crescia numa velocidade inversa à das certezas; não percebia porque lhe tinham tirado dos braços o filho recém-nascido nem porque não a deixavam ser aquilo que o destino lhe tinha posto no caminho, muito antes de ela ter sequer cabeça para desenhar em sonhos um futuro. Sentia-se violada mais uma vez.

Lurdes virou costas ao padre e deixou-o abandonado no meio da sala, um homem cheio de questões e de demónios por exorcizar. Jurou a si mesma que um dia haveria de recuperar o filho e que haveria de mostrar a quem duvidara dela que era capaz de ser a mãe que ele merecia.

Graça, vendo a sobrinha desaparecer para dentro do quarto, voltou para junto de monsenhor Alípio. Desculpou-se várias vezes pelo feitio acanhado da sobrinha, apesar de o padre lhe assegurar que estava tudo bem e que não fazia mal nenhum, a pequena devia estar apenas intimidada.

— Sabe, dona Graça, até agora ainda não consegui perceber porque é que a Lurdes tem medo de mim. Quando ela apareceu grávida, aquilo foi um escândalo. Se ela tivesse continuado com a criança, não havia de ter futuro nenhum. O que é que uma gaiata de catorze anos faz com um filho nos braços? Não haveria homem que lhe pegasse nem quem percebesse que ela não tinha culpa daquilo. E até hoje, dona Graça... até hoje não sei se ela teve culpa ou não. Quer dizer, olhe bem para ela. A rapariga é bonita, era só uma questão de tempo até algum homem a querer. Eu não sei o que aconteceu — ninguém sabe, ela nunca contou, tanto quanto sei —, mas sei que se calhar era de esperar. Calhou ter engravidado e isso não melhorou muito as chances dela. Quer dizer, quem é que quer uma rapariga que já toda a gente sabe que não é virgem? E com um filho nos braços, ainda por cima! Quando falei com os pais dela, foi para lhes dar uma oportunidade para a moça. A minha irmã é sozinha, nunca teve filhos, mas sempre gostou muito de crianças. Ajudou a criar muitos gaiatos de famílias para quem trabalhou, e todos a estimam muito. Quando lhe perguntei se queria criar este, ela nem hesitou. Se calhar viu ali a oportunidade dela — sempre quis ser mãe, mas foi ficando para trás e nunca chegou a casar. Não tenho dúvidas das capacidades dela, sabe? Eu conheço as pessoas, sei ver o que lhes vai no coração. A minha irmã tem pulso para criar um rapaz, isso de certeza. A sua irmã Irene não queria deixar ir o miúdo. Começou por dizer que sim, mas sabe como são as avós... afeiçoam-se. E ela afeiçoou-se ao gaiato. Já se sabe, primeiro neto, filho da menina que ela achava que havia de lhe dar só alegrias. Valeu-me o seu cunhado, que quer defender a honra da família e percebeu depressa que a Lurdes havia de se perder se tivesse o filho para criar. Se calhar devíamos ter deixado o gaiato mais uns tempos com a mãe, mas depois ainda se apegavam mais e ia ser mais difícil. Lá na terra falou-se muito. Pouca gente sabe o que se passou, e é melhor assim. Aqui também ainda não chegou a notícia e, tanto quanto sei, a miúda tem tido uma vida sossegada. Agora só tem de deixar o tempo passar para ela ir esquecendo o catraio. E há de ter mais filhos, de certeza. Isto foi melhor para ela, não tenho dúvida nenhuma. É melhor assim. Graça não soube o que dizer. Aceitara receber a sobrinha na sua casa porque também ela não tinha tido filhos e, com a velhice a aproximar-se a passos largos, os braços extra seriam uma ajuda preciosa. Ter Lurdes ali em casa era garantia de que, se precisasse, haveria quem cuidasse dela sem pedir favores e sem pagar por isso. Assustava-a a ideia de acabar os seus dias agarrada a uma cama sem ter quem olhasse por ela, e esses dias talvez estivessem mais perto do que seria de esperar. O marido não tinha irmãos e só a família do lado dela lhes poderia valer.

Não quis saber o que tinha acontecido a Lurdes, não perguntou mais do que o que a irmã lhe contou, e pensou que estava a fazer um favor que lhe seria pago sem que tivesse de pedir. Concordava com o padre: era provável que Lurdes viesse a ter mais filhos, e aquele primogénito havia de seguir um caminho diferente sem que isso trouxesse grande mal ao mundo. O pior já estava feito e todos ao redor de Lurdes tentavam mitigá-lo, abrindo portas para que o futuro da garota fosse uma incógnita menor.

Joaquim era já um passo em frente e podia ser que, se tudo corresse bem, fosse com ele que Lurdes organizasse a vida. Não era dos piores. Nunca fora desassossegado, era trabalhador e, embora não fosse nada além de um homem comum, era mais do que Lurdes poderia ambicionar, depois de ter tido um filho tão nova. Teria de se contentar com este, e Graça sabia que a sobrinha valorizava estas pequenas janelas que se iam abrindo diante de si, depois de uma porta gigante se ter fechado com estrépito na sua vida.

— Sabe o que era bom, dona Graça? Que a Lurdes se fosse confessar. Ela tem-se confessado aqui?

— Não, senhor padre. Nunca dei por ela ir às confissões, desde que aqui está.

— Mande-a ir ter comigo amanhã. Vou estar pela igreja a seguir ao almoço, e consigo ouvi-la durante o tempo que ela precisar. Era importante.

— Eu mando-a lá, esteja descansado. Mal não lhe há de fazer e se calhar ela precisa de desabafar. E ao menos a si ela já conhece, se calhar até consegue falar melhor.

Monsenhor Alípio sabia que aquilo estava muito longe da verdade. Mas sabia também que era ali, a sós com Lurdes, que havia de conseguir entrar-lhe no coração e ouvi-la dizer tudo quanto ele ambicionava ouvir desde que a vira pela primeira vez e sentira inflamarem-se dentro de si todos os sinais de perigo.

14

Joaquim, rapaz educado na ancestral fé católica, não entendia por que razão Lurdes se escapulia às confissões. Era já certo que um dia havia de propor-lhe casamento, mas a renitência da namorada deixava-o inseguro quanto à sua real natureza. Disse-lhe que ia com ela; ela recusou. Pediu-lhe que fosse sozinha; ela recusou. Sugeriu a tia por companhia; ela tornou a recusar. Lembrou-se de Juliana e só este nome fez Lurdes hesitar. Juliana nada sabia do que estava lá atrás na vida de Lurdes, mas era uma amiga de confiança e, mais tarde ou mais cedo, o peso que carregava no coração seria de tal maneira incomportável que teria de dividir a carga com alguém — que fosse com Juliana, então. Explicou a Joaquim que não tinha o que confessar — nada do que fizera antes ou depois de chegar à aldeia se categorizava como pecado, tudo seria uma perda de tempo, tanto para ela como para monsenhor Alípio, que teria, com certeza, mais fiéis a precisar do seu auxílio espiritual — mas iria, se esse era o desejo de Joaquim.

Dois dias depois, estava com Juliana à porta da igreja quando o sino bateu as três da tarde. Pedira à amiga que a acompanhasse, coisa que Juliana estranhou — sempre se confessara sem precisar de assistência, não era coisa que apreciasse por aí além, mas cumpria o ritual conforme mandava o calendário. Não fez perguntas (e esta era uma espécie de entendimento tácito entre elas: não perguntar nada e aguardar o que a outra quisesse contar) e esperou pela amiga sentada num banco da igreja, algures entre a oração e o sono leve da tarde. Lurdes encaminhou-se para a sacristia. Gertrudes, fidelíssima guardiã do espaço, não estava lá, talvez ainda demorada nos afazeres de casa, talvez sentada numa cadeira pequena, a cabeça atirada para trás, a boca aberta, um fio de baba a escorrer-lhe pelo canto da boca enquanto desfiava o sono que se acercava dela sempre que acabava de comer. Lurdes chamou pelo padre num murmúrio que traduzia a dor que lhe causava ter de estar ali, ter de o procurar, ter de se entregar nas mãos daquele homem, ainda que ele apenas pudesse tocar-lhe o espírito. Nunca fora devota e cada vez acreditava menos em tudo aquilo, que se algaraviava no seu cérebro como uma enorme confusão — de um lado a tradição católica, do outro tudo o que se sentia emanar do padre cada vez que ele lhe falava ou pior ainda, lhe tocava.

Monsenhor Alípio estava a um canto, a porta do armário dos paramentos aberta, ele a percorrê-los com as mãos, talvez à procura do que iria usar na missa de domingo. A luz que entrava na sacristia, filtrada pelos vitrais antigos, era esparsa e morna e fazia incidir no rosto do padre uma tonalidade estranha. A Lurdes, o homem parecia-se cada vez mais com um demónio.

— Vim confessar-me.

— Senta-te ali.

— Preferia ir ao confessionário. — As palavras ditas tão baixo que mal se ouviam, mas a firme certeza de que não conseguiria dizer nada se tivesse o padre a olhar para si, sem nenhuma barreira física entre os dois.

— Não podemos conversar aqui? Está menos frio.

— Preferia ir ao confessionário — repetiu já com mais veemência na voz.

O padre fechou o armário e, sem dizer mais nada, saiu, fazendo-lhe sinal para que o seguisse.

— Podes começar, Lurdes.

— Não me lembro de como se faz.

— Há quanto tempo não te confessas?

— Há muito. Não tenho nada para confessar, é uma perda de tempo.

— Deus tem sempre tempo.

— Mas eu não. E o senhor também não.

— Claro que tenho. É para isso que estou aqui, para ouvir quem precisa de falar.

— Eu não preciso de falar. Vim porque me obrigaram.

— Assim a confissão não tem validade, se não te sai do coração.

— Paciência. Não sei o que dizer. Não sei o que quer que eu diga.

— Vamos começar pelo princípio. Eu ajudo-te. Diz «Abençoe-me porque eu pequei».

— Abençoe-me porque eu pequei.

— Quais são os teus pecados?

Lurdes ficou em silêncio, não por rebeldia ou provocação, mas porque realmente não se lembrava de nada que tivesse feito que pudesse ser considerado pecado. O padre aguardou alguns instantes antes de falar.

— Lurdes, tu tiveste um filho...

— Isso é pecado?

— Depende.

— Eu não fiz nada...

— Provocaste-o?

Foi como se o céu da boca se lhe incendiasse de repente e Lurdes não pudesse conter a torrente que se formou na sua cabeça.

— Não, não o provoquei. Nem a si. Nem a ninguém. Ia a casa de uma amiga e ele agarrou-me no meio da rua, prendeu-me, magoou-me e não entendi nada do que se estava a passar. Não sei porque ele me fez aquilo, não sei porque me tocou.

— Se calhar és tu que fazes os homens terem pensamentos maus, Lurdes.

— Eu? Eu não fiz nada, padre...

— Os homens são seres frágeis, cheios de pecado por dentro. Quando encontram uma mulher que lhes revira a cabeça, às vezes deixam a natureza ser mais forte e fazem coisas que vocês não entendem. Não há de ser por mal. É o instinto, acho.

— O que é que o senhor sabe disso? É padre, não vive como um homem normal.

— Mas sou um homem normal.

— Isso quer dizer que também tem pensamentos destes?

— Quer dizer que percebo o que eles sentem. As tentações estão em todo o lado, e tu és uma delas.

— Eu não fiz nada...

— Quem era ele?

— Não importa.

— Importa, sim. Poderia ter ajudado se o tivesse ouvido em confissão.

— Ajudado? Como? Quem?

— A ele, ora. Com certeza carregará consigo o peso do que te fez.

— Não carrega coisa nenhuma. Ninguém carrega. A única pessoa que foi olhada de lado por tudo o que aconteceu fui eu. E eu não tive culpa, estava só ali na rua, sozinha, a caminho da casa da minha amiga. Não pedi que me fizessem nada daquilo.

— Tu levas os homens à loucura, rapariga.

— Não entendo.

— Tens uma luz, Lurdes. É difícil explicar...

— O senhor não devia saber nada sobre isto, sobre mulheres.

— E não sei. Ou sei muito pouco. Mas sei que os olhos não se desviam de ti. És bonita.

— Posso ir?

— Ainda não acabámos.

— Não tenho mais nada para lhe dizer.

— Não te posso absolver se não te confessares.

— Quer que confesse o quê? Que já não sou virgem? Que tive um filho? Que penso muitas vezes que gostava de ter sido mais forte para não deixar que mo tirassem? Que penso que devia ter fugido com ele enquanto era tempo, que devia ter ido para algum lugar onde pudesse criá-lo, sozinha, sem que mo quisessem roubar? Que o amaldiçoei a si e aos meus pais por me terem tirado o menino?

— Isso é pecado.

— Aí tem. Posso ir?

— Não estás arrependida. Sem arrependimento não há absolvição.

— Pois não, não estou. Só me arrependo de ter sido fraca e de agora não ter como recuperar o meu filho.

— Vou dar-te uma penitência. Vais rezar e pensar muito nisto tudo e vais perceber que foi melhor assim.

— Melhor para quem? Para os meus pais, para não os envergonhar por terem uma filha solteira que já não é virgem? Melhor para a sua irmã, que passou a ter um bebê para criar como se fosse dela? Melhor para si, que conseguiu fazer com que tudo acontecesse à sua maneira?

— Um dia vais dar-me razão, Lurdes. Reza um pai--nosso e uma ave-maria todas as noites, para que Deus vá entrando no teu coração. E volta cá daqui a uns dias, para conversarmos quando estiveres mais calma.

Lurdes saiu sem terminar o ritual, furiosa com tudo o que fora obrigada a recordar, furiosa com a forma como ninguém parecia entender que ela não tinha culpa de ter sido encostada a uma parede, um corpo estranho e indesejado a entrar no dela, deixando para trás outro corpo que depois lhe foi tirado demasiado cedo e contra a sua vontade.

Juliana esperava-a na rua e não se conteve perante o ar alterado da amiga. Quis saber o que se passara, se Lurdes estava bem, se havia alguma coisa que pudesse fazer por ela. E então Lurdes falou. Juliana não a interrompeu, mas não conseguiu evitar as lágrimas perante a violência que a amiga foi obrigada a suportar, tanto quando engravidou como depois, quando ficou sem o filho. Imaginou-se na sua pele e deixou que a angústia assentasse. Perguntou-se como seria viver com aquele buraco no peito, aquela falta constante, aquele sentimento de amputação. Perguntou a Lurdes se Joaquim sabia daquilo.

«Ainda não», respondeu. Talvez viesse a contar-lhe, se se proporcionasse. Por enquanto, achava melhor manter o segredo. Não sabia que futuro esperava aquele namoro e não quis pôr-se em risco de ser falada, caso as coisas entre eles corressem mal e ele fosse capaz de a magoar. Um dia, se as coisas se tornassem sérias, contar-lhe-ia e tinha a certeza de que ele iria entender a demora dela em contar--lhe. Talvez se sentisse traído ou enganado, mas acabaria por entender.

Por outro lado, ter conhecimento da atitude do padre só fez Juliana ficar ainda mais furiosa com ele. Assim que o conheceu, achou-o um homem demasiado austero e até agressivo. Agora tinha a certeza de que o avaliara bem. Percebeu que era o tipo de homem que manipularia quem fosse preciso de maneira a conseguir o que queria. Nada haveria de se interpor entre ele e aquilo que ele queria para aquela aldeia. Pela forma como o padre tentava inter-ferir em tudo quanto não lhe dizia respeito, Juliana per-cebeu que ele chegara ali com uma missão — impor-se como figura máxima da aldeia — e, se a cumprisse, seria às custas de sofrimentos vários, que ele via como males menores que justificavam os fins a que fazia mira. Lurdes pediu segredo a Juliana. Era importante que o padre não soubesse que a verdade era agora conhecida também por ela, ou poderia tomar medidas para a manter sob o seu controle. Juliana entendeu, mas duvidou da sua capaci-dade de se manter sossegada, quase como se estivesse em banho-maria até ao dia em que um qualquer motivo mais ou menos grave a fizesse medir forças com aquele homem. Porém, por agora, respeitaria o pedido da amiga e ficaria sossegada. Um dia, as contas acertar-se-iam e não havia de ser perante Deus, no Juízo Final, mas sim perante todas aquelas pessoas que estavam longe de imaginar até onde o padre conseguia ir.

15

Quando descobriu, Lurdes chorou. Trespassou-a um arrepio violento: viveria tudo novamente. Já sabia como seria, conseguia adivinhar os tempos que tinha pela frente e estava quase certa do desfecho. Não teria como se explicar novamente: à luz do novo acontecimento, tinha a certeza de que seria considerada culpada pelo que vivera anteriormente. Talvez a mandassem outra vez embora, mas agora não fazia ideia de para onde iria, por não haver mais sítios onde pudessem acolhê-la.

Tinha sido diferente, claro. Joaquim não a forçara a nada, simplesmente acontecera. Ela acompanhara-o a casa, para ele ir dar comida ao gado, e quando dera por si já o seu cabelo se misturava com a palha, a idade fresca a dar força ao desejo, poucas razões para não fazer da namorada sua em definitivo. A Lurdes invadiu-a o medo de ser novamente obrigada, de não ter como fugir. Mas percebeu que, ao contrário da outra vez, agora também ela queria. Gostava dele, deixara que ele escavasse a barreira invisível que ela erguera ao seu redor e não viu porque fugir naquele momento. Acabaria por casar com ele, era mais do que certo, e aquela seria uma vez sem exemplo, a única até oficializarem a sua ligação.

Não ficou sequer a culpa: ele havia de a pedir em casamento e tudo se legitimaria por essa via. Mas começaram os enjoos matinais. As contas que fazia, ela que era tão certa, não tinham como estar erradas. Quando fosse de novo inverno, havia de lhe nascer mais um filho, o segundo de facto, mas o primeiro de que a aldeia acabaria por tomar conhecimento.

Quando secou, por fim, as lágrimas que lhe incharam os olhos e lhe secaram o coração, saiu de casa para procurar Joaquim. Não sabia como havia de lhe contar, mas talvez não precisasse de levar aquilo por diante sozinha, sem apoio, como se fosse novamente criminosa. Encontrou-o na horta e disse-lhe apenas que precisavam de falar. Não conseguiu olhá-lo nos olhos, as lágrimas a assomarem sem que conseguisse travá-las, a incerteza a comê-la viva por dentro.

— Estou grávida.

Joaquim pegou-lhe na mão e, tremendo ele também, levou-a aos lábios. Pousou-lhe um beijo entre os dedos, que apertou levemente enquanto os afastava para conseguir falar. Lurdes interrompeu-o. Não podia casar com ele sem que ele soubesse de tudo. Contou-lhe sem guardar para si nenhum pormenor. Viu nos olhos dele a sombra do desapontamento e do desânimo, mas viu também que ele não se mexeu enquanto ela falou. Pensou pedir-lhe perdão, mas, na verdade, continuava a acreditar que não tinha feito nada de mal. Quando terminou, levantou os olhos e esperou que ele falasse. Joaquim encheu os pulmões de ar como se sacudisse o pó e disse:

— Casamos.

Ela não conseguiu tirar os olhos do chão, mas foi como se uma tonelada se levantasse de cima do seu corpo e o calor de novo lhe chegasse aos ossos.

— Tens a certeza?

— Tenho. Havemos de criar esse filho conforme pudermos, mas é nosso, é meu, e eu quero ser pai dele e teu marido.

— Não quero que te sintas na obrigação...

— Não sinto. Já me queria casar contigo, mas somos novos e achei que tínhamos tempo. Mas se há de ser depois, olha, que seja já agora.

Joaquim garantiu-lhe que não mudaria de ideias assim que deitasse a cabeça na almofada e que não a deixaria sozinha nesta mudança. Assegurou-lhe que pediria aos tios que a deixassem casar-se com ele e depois, quando o bebê nascesse, haveriam de se explicar. Não pensaram, na ingenuidade própria da idade ainda tenra, que aquele casamento fosse soar estranho e apressado. E toda a gente sabe que o que carregam os casamentos à pressa são barrigas que crescem logo a seguir e que, destes casamentos, nascem sempre crianças que, apesar de prematuras, se parecem bastante com bebês de termo.

Lurdes era magra, o corpo ainda não completamente formado, mas já experimentado pela gravidez anterior, por isso as suas formas não demorariam muito a alterar-se. Entenderam que seria melhor casarem o quanto antes, para evitar falatórios e problemas para ambas as famílias. Voltou a ser sacudida por enjoos mais ou menos violentos, que disfarçava conforme podia. Joaquim, vendo-a combalida e um pouco insegura, entendeu que estava na hora. Lurdes estava a acabar de levantar a mesa do almoço, era um sábado primaveril com o calor já a fazer-se notar, e Joaquim bateu à porta sem grande alarido. Graça foi abrir. Admirou-se por vê-lo ali — não era costume a sobrinha combinar coisas com o namorado sem lhe pedir autorização. Deixou-o entrar ainda sem entender. Ele cumprimentou-a respeitosamente, a Lurdes acenou apenas de longe enquanto sorria e perguntou se Eusébio também estava em casa. Andava no quintal e Lurdes chamou-o de imediato.

— Passa-se alguma coisa, Quim? — perguntou Graça.

— Queria falar convosco.

— Diz lá, então.

— Eu e a Lurdes temos andado a falar e eu queria pedir a mão dela em casamento.

— Já? Não achas que são demasiado novos para se casarem?

— Se calhar somos, mas é isto que queremos. Eu quero que ela seja minha mulher e tenho a certeza de que ela me quer para marido.

— E vão viver onde? E do quê? Vocês lá têm como se sustentar sozinhos...

— Podemos ficar na casa dos meus pais, eles não se importam. Ou podemos ficar aqui e sempre são mais dois braços a ajudar. Eu continuo a trabalhar com o meu pai e a Lurdes há de arranjar qualquer coisa um dia destes.

Lurdes, com as mãos pousadas no colo e os olhos pregados no chão, mal respirava.

— Lurdes, é isto que tu queres, filha?

— É, tia.

— Acho que temos de falar com os teus pais primeiro, Lurdes. E com os teus também, Quim. Não vamos fazer nada à pressa, não há razões para isso.

— Tia...

Graça levantou os olhos na direção de Lurdes e, vendo-a com as mãos estendidas sobre a barriga, percebeu.

— Outra vez, Lurdes? E agora?

— E agora casamos assim que for possível. Não vai haver escândalo nenhum, nem há razões para isso — respondeu Joaquim, com prontidão.

— Os teus pais já sabem? — perguntou Eusébio.

— Sabem. Contei-lhes.

— E que dizem eles de tudo isto?

— Que tudo se cria. Não esperavam um neto para já, mas tudo se resolve e hão de ajudar-nos no que precisarmos e conforme puderem.

— Amanhã vamos falar com o padre e combinamos uma data. Tratamos das papeladas e fazemos um casamento pequeno, só a família mais chegada, sem alaridos.

— Graça tomou as rédeas da ocorrência, assegurando-se de que organizavam tudo com celeridade e discrição. Não queria ser motivo de falatórios, mas não podia virar as costas à sobrinha. Nem lhe passaria pela ideia dar àquela criança o mesmo destino que tinha tido o irmão. Haveriam de se arranjar e tudo se resolveria.

16

No dia seguinte, no final da missa, esperaram todos pelo padre à saída da igreja. Monsenhor Alípio, estranhando o ajuntamento, quis saber se havia algum problema. Lurdes, como sempre, deixara-se ficar mais afastada, os olhos cravados no chão e as mãos entrelaçadas junto ao ventre. Foi Joaquim quem falou.

— Monsenhor Alípio, eu e a Lurdes vamos casar e queríamos marcar consigo a data do casamento.

— Vão casar? Mas...

— Vamos. Se puder ser já no mês que vem, tanto melhor.

— Qual é a pressa? Vocês são tão novos... — O padre olhou para Lurdes, que continuava na mesma postura ausente, e não tardou a perceber: — O que é que tu fizeste, Lurdes?

— Ela não fez nada, padre. Fizemos os dois. E queremos que nos case rapidamente, para fazermos tudo como deve ser.

— Ó rapaz, achas que isto é fazer as coisas como deve ser? Achas que Deus abençoa uma coisa destas? Onde é que vocês estão com a cabeça? Não é nada disto que eu quero para a minha paróquia. Qualquer dia isto é moda, primeiro consuma-se o casamento e só depois é que se casa. Não pode ser. Tenham paciência. Isto tem de ser muito bem conversado. Quero-vos aos dois no confessionário já amanhã. Têm muito de que se arrepender. Depois logo se vê se é possível casar-vos ou não.

— Senhor padre — interveio Graça — isto são coisas que acontecem. Não podemos fazer caso. Eles querem oficializar o casamento. Puseram o carro à frente dos bois, é verdade, mas já que está feito, então que Deus, Nosso Senhor, tenha piedade deles e os perdoe. E que esta criança nasça num casamento, apesar de ter sido feita antes dele.

— Não é assim tão simples. Vamos começar pelas confissões. Não caso ninguém em pecado. Já basta esta trapalhada toda. Daqui em diante, ou fazemos isto como deve ser, ou não há casamento nenhum.

Sem alternativa, concordaram ambos com a convocação do padre. Não havia muito a fazer, se queriam que tudo decorresse sem grandes sobressaltos dali em diante. Não tardaria muito para que a barriga de Lurdes começasse a notar-se e, quanto mais depressa casassem, mais resguardada ela estaria.

Quando entraram na sacristia, encontraram o padre com o semblante fechado, entre a raiva e a preocupação. Mandou que se sentassem sem grandes alaridos, nada de cumprimentos de espécie nenhuma, um tratamento seco e acusador. Já esperavam que assim fosse e decidiram não contrariar o pároco. Optaram por afinar pelo diapasão que diz que não é com vinagre que se apanham moscas e mostraram-se submissos e receptivos ao que dali viesse. Era o preço a pagar, e estavam dispostos a isso. Antes de os confessar, o padre resolveu fazer uma preleção sobre os males do mundo atual. As coisas estavam a mudar, as raparigas já não se resguardavam, os homens perderam a capacidade de esperar, é tudo para ontem, querem viver tudo quando ainda não podem, devem ter medo de que a luz se apague imediatamente. Ouviram-no com o ar cabisbaixo dos culpados. Não houvera maldade no amor que tinham feito no chão da despensa de Joaquim, mas não havia como explicar isto a um homem que nada sabia sobre o amor. Duvidavam que o padre, antes de ser padre, tivesse sido capaz de amar. Não acreditavam sequer que amasse a Deus, conforme pregava. Acreditavam, antes, que o sacerdócio era um meio para atingir um fim. Talvez tivesse sido o caminho de fuga mais confortável para alguém que merecia mais condenações do que as que aparentava.

Quando se fartou de falar, a garganta já seca de dizer tanto quanto sabia que podia provocar danos no casal, mandou Joaquim ir com ele ao confessionário; Lurdes que esperasse a sua vez ali sentada, como lhe cabia enquanto mulher.

Quando se sentou no confessionário, Joaquim esperou. O padre, num tom exasperado e ríspido, ordenou-lhe que começasse a falar.

— Perdoe-me, padre, porque pequei.

— Conta-me os teus pecados, rapaz.

— Cedi à tentação da carne.

— Aquela rapariga é um diabo — disse o padre, entre dentes.

— Padre, por favor. Ela não fez nada de mal. Aconteceu, não pensámos em nada, deixámo-nos ir, apenas. Não o devíamos ter feito, mas nenhum de nós fez por maldade.

— Claro que não. Nunca é por maldade, mas os pecados acabam sempre cometidos e lá é Deus chamado a pôr ordem nisto.

— Padre, eu gosto dela e sei que ela gosta de mim. Já há algum tempo que comecei a pensar que tenho de organizar a minha vida para poder casar com ela. Queria que ela fosse a mãe dos meus filhos, queria dar-lhe uma casa e uma família como deve ser. Isto só apressa um pouco as coisas, mas não muda nada. Nem eu nem ela somos obrigados a nada.

— Claro que são! São obrigados a cuidar da criança que aí vem.

— O que é diferente agora?

— Agora?

— Sim. Quando ela teve o bebê, o senhor resolveu que ele estaria melhor longe dela. Agora diz que temos obrigação de criar esta criança.

— É diferente, sim. Ela tinha catorze anos, estava sozinha, seria uma vergonha. Agora toda a gente sabe que vocês são namorados e, embora tenham feito tudo ao contrário, ainda conseguimos aqui remendar qualquer coisa.

— Podemos criá-lo também.

— Claro que não podem. O garoto tem dois anos. Está a crescer em boa companhia, está a ser tratado pela minha irmã como se fosse filho dela, não é preciso ser mais um peso para vocês.

— Padre, o menino é filho da Lurdes. É com a mãe que ele tem de estar. Faça o favor de o mandar vir para cá novamente. Agradecemos o que tentou fazer pela Lurdes e pelo bebê, mas já não é preciso.

— Deixa-te de ideias. Isso não vai acontecer. Fica tudo como está. Vocês vão ter um filho, a minha irmã fica com aquele para criar. Agora trata de dizer que pecados andas tu a carregar e vamos avançar.

— Isto não pode ficar assim.

— Queres casar-te ou não? É que, se queres, paras imediatamente com a conversa e não tornas a falar no assunto.

— Quero casar, sim. Mas o que o senhor fez não se faz. Isto é rapto...

— Não digas disparates! Os pais da Lurdes concordaram com tudo, não fiz nada de mal.

— Ninguém lhe perguntou se ela queria dar o filho.

— Claro que não. Ela tinha catorze anos, era uma criança, não tinha de decidir nada.

Joaquim percebeu que não ia conseguir mudar a ideia do padre e que, por agora, não haveria mais a fazer. Confessou-se sem voltar a tocar no assunto e acatou sem oposições a penitência exagerada que monsenhor Alípio lhe deu.

Quando saiu do confessionário, Lurdes esperava sentada no banco mais próximo. Trocaram um sorriso e ela substituiu-o junto do padre.

Lurdes sentou-se, pousou as mãos no colo e decidiu que não se deixaria vergar por este homem que parecia ter devotado a sua vida a comandar a dela. O padre inspirou profundamente, como se se acalmasse, como se procurasse dentro de si os recursos necessários para conseguir o que queria, sem deitar nada a perder. Talvez Lurdes não fosse já a encarnação de tentações demasiado ambiciosas para que as mantivesse em sossego. Talvez agora, tanta coisa passada, fosse apenas uma rapariga de dezesseis anos cuja pressa de viver acabara por se instalar no seu ventre, apressando tudo quanto se seguiria.

— Outra vez, Lurdes... outra vez.

— Não, padre. Desta vez eu também quis. Desta vez não fui encostada a uma parede e ninguém me fez mal.

— É igual. Pecaste novamente.

— Pequei agora, sim; antes, não.

— Tu tinhas a obrigação de te manteres pura. E, não contente por tê-lo feito uma vez, agora voltaste a pecar. Não há salvação possível para quem reincide nos pecados capitais.

— É... talvez seja isso que o vai manter longe do Céu, padre.

— O que é que queres dizer com isso?

— Eu não sou tonta. Tenho dezesseis anos, se calhar devia estar agora a aprender a cuidar de uma casa, a preparar-me para me casar um dia, mas a vida encarregou-se de me fazer mulher mais cedo. Eu sei a maneira como o senhor olha para mim. Senti-o muitas vezes, quando ainda vivia com os meus pais e ia à missa na outra terra, e continuo a senti-lo aqui. Eu sei porque é que o senhor quis esta paróquia.

— Ai sabes? Então conta lá...

— Sei. Sei que veio atrás de mim. Não para evitar que eu falasse do que se passou antes, porque eu não posso fazer nada se o senhor não me devolver o meu filho voluntariamente, mas para estar perto de mim. Talvez o senhor viva em guerra consigo mesmo, entre o que quer fazer e o que a batina o deixa fazer, mas eu sei.

— Não sabes nada, rapariga! Agora, vir para aqui atrás de ti... onde é que já se viu? Eu sou um padre como deve ser, nunca quebrei os votos que fiz quando fui ordenado, nunca atentei contra Deus.

— Deus permite que se roubem os filhos às mães?

— Ninguém te roubou filho nenhum.

— O senhor acredita mesmo nisso? Não foi por mim que você quis o meu menino; foi pela sua irmã, solteira, velha e sem ninguém que quisesse saber dela. Aquele menino há de crescer e sentir-se na obrigação de retribuir o cuidado que ela teve com ele, eu sei. Mas ele é meu filho e é comigo que deve estar. Apesar de o ter tido com catorze anos, eu era capaz de o criar, tal como vou ser capaz de criar o que aí vem. E você não vai tirar-mo. Há dois anos e meio, os meus pais, se calhar por vergonha ou por uma obediência cega à igreja em que acreditam, aceitaram as suas condições. Agora, eu não as aceito. Tudo o que eu quero é que nos case e que me batize a criança quando ela nascer. Mais nada.

— Como é que eu posso casar-te, se tu insistes no pecado? Como é que posso batizar uma criança que foi concebida em pecado?

— Pode. Sabe porquê? Porque, se não o fizer, toda a gente vai saber o que fez ao meu filho. Toda a gente vai ficar a saber que o senhor é o tipo de homem que faz o que for preciso e passa por cima de quem for preciso para conseguir o que quer.

— Estás a ameaçar-me?

— Estou.

— E arriscas-te a que toda a gente saiba que tu, uma garota de catorze anos, andaste por aí a abrir as pernas até engravidares?

— Isso não é verdade. Fui violada. E até hoje não contei a ninguém quem me violou, mas conto se for preciso. E também conto que o senhor estava lá e que não fez nada para o impedir.

Monsenhor Alípio reviveu mentalmente o momento em que vira Lurdes ser violada e não conseguiu recordar-se de ela olhar na sua direção. Estava demasiado longe e talvez lhe tivesse escapado que ela o pudesse ter visto. Sentiu o coração acelerar e procurou rapidamente uma forma de travar Lurdes.

— Não és capaz disso.

— Acredite que sou. E depois você que explique porque é que não só não me defendeu como ainda me tirou o meu filho a seguir.

— Eu não tive culpa de nada. Tu é que provocas os homens, não os deixas sossegados, leva-los a fazerem coisas que se achavam incapazes de fazer. Tu é que tens essa centelha do Diabo dentro de ti.

— Cada um vê as coisas com os olhos da sua própria maldade. Eu tinha catorze anos, ia a casa de uma amiga. Nunca provoquei ninguém, muito menos o homem que me violou.

— É a maneira como te mexes, é por seres tão bonita. Queres o quê? Os homens sentem-se tentados.

— Problema dos homens. Eu só queria estar sossegada. E depois, quando aquilo tudo aconteceu, só quis ter o meu filho e criá-lo. Ia sempre lembrar-me de como ele tinha sido feito, mas gostava mais dele do que de qualquer outra coisa, e era capaz de me esquecer do início.

— Tu podes dizer o que quiseres. Eu sei bem o que vi.

— Já lhe disse: se não nos casar e se não me batizar a criança, toda a gente vai saber de tudo. E, se calhar, isso vai trazer-lhe problemas com a justiça.

— Não me ameaces, rapariga.

— Já ameacei. Não tenho mais nada para lhe dizer. Queremos casar no dia primeiro de junho, temos menos de um mês para tratar de tudo. Diga-me o que preciso de fazer e começamos já a tratar das papeladas.

— Terás de vir comigo à sacristia para que te dê os papéis que têm de preencher. E vais ter de rezar um terço assim que saíres daqui, para te livrares do pecado que cometeste.

De repente, temeu que talvez a rapariga não fosse tão manipulável como quis crer. E se havia coisa que ele não suportava era a ideia de perder o seu poder sobre as pessoas que faziam parte da sua congregação, fossem elas as velhas beatas ou a miúda que o tirava do seu juízo. Talvez fosse altura de firmar o pulso e de começar a pensar como poderia garantir que a mantinha quieta e subjugada.

17

Lurdes respirou fundo antes de pegar no auscultador. Marcou os números do café do lugarejo e pediu que fossem chamar Irene. Queria ser ela a contar à mãe as novidades. Estava certa de que nenhuma delas lhe traria o mais ténue resquício de felicidade, mas as coisas eram como eram e não adiantava fugir delas. Desligou o telefone. Voltaria a ligar dali a cinco minutos, tempo que bastaria para a mãe chegar ao café. Deu mais dois ou três minutos, para o caso de Irene se ter demorado um pouco com alguma tarefa que tivesse em mãos. Quando ouviu a voz da mãe, tremeu. Era como estar de novo diante dela, apenas uma criança que tinha sido apanhada em falta, envergonhada e com medo do castigo que pudesse ter de enfrentar. Desde que fora viver com os tios, poucas tinham sido as vezes que falara com os pais. Visitara-os duas ou três vezes, um Natal e uma Páscoa passados na terra onde nascera, e mais uma visita a meio do verão, quando a melancolia dava espaço às saudades. Não era habitual telefonarem-se: as chamadas eram caras, nem os pais nem os tios tinham telefone em casa, e era preciso mobilizar várias pessoas para que um simples telefonema acontecesse. Havia aquele entendimento tácito antigo: se houvesse más notícias, saber-se-iam num instante. Não era preciso dar conta de vidas sem história, que corriam iguais em ambas as aldeias, onde, na verdade, pouco ou nada acontecia e quase nada merecia o tempo que se gastava a contar. Foi por isso que, quando a ouviu, Irene não conseguiu eliminar da sua voz um tom de preocupação. Lurdes sossegou-a:

— Está tudo bem, mãe. Queria só contar-lhe uma coisa.

— Os teus tios estão bem? Não está ninguém doente?

— Não, mãe, não se preocupe. Estamos todos bem. E o pai?

— O teu pai, já sabes como ele é, pode andar a cair, mas não dá parte de fraco.

— E os meus irmãos?

— Todos bem, também. A Filomena e a Alice mandaram-te um abraço, dizem que qualquer dia vão aí à aldeia visitar-te. Ficaram ambas em silêncio durante uns segundos. Lurdes não podia deixar cair a coragem e teria de ser rápida, o tempo a contar na máquina não perdoava e aquele telefonema havia de ficar caro.

— Mãe... olhe, queria que soubesse uma coisa.

— Conta lá, rapariga. Não arranjaste problemas aos teus tios, pois não?

— Não... Mais ou menos... Olhe, mãe, é que eu e o Joaquim vamos casar.

— Tu e... mas já? Assim, sem mais nem menos? Ó Lurdes, o que é que tu arranjaste para aí, filha?

— Não se preocupe, mãe, está tudo bem. Vamos casar no princípio de junho e claro que quero que venham todos, vocês e os manos. Vai ser uma coisa pequenina, mas quero que venham. Se o pai quiser, é ele que me leva ao altar.

— Lurdes, o que é que tu não me estás a contar? — O tom férreo na voz da mãe indicou o fim da margem de manobra que Lurdes tivera.

— Vou ter um bebê, mãe.

— Tu estás grávida outra vez?

— Estou. Mas está tudo bem, aconteceu, não era para ser, mas não há nada a fazer. Já combinámos tudo com o padre, os tios também já sabem. Estamos a preparar tudo para conseguirmos casar já daqui a um mês. Antes de se notar, sabe...

— O que é que vais fazer à criança?

— Nada. Vou criá-lo, como devia ter feito com o João. Já falei com o padre, mas ele não me quer trazer o menino, diz que ele está lá bem com a irmã dele, que o está a criar como se fosse filho dela. E eu não sei o que hei de fazer, mãe. Queria tanto o meu menino... mas não sei onde ir buscá-lo, não sei onde ele está.

— É capaz de ser melhor assim, Lurdes. Deixa o pequeno ficar lá com a senhora, pronto. Agora vais ter esse e cuidas dele. Tudo se arranja. O teu pai não vai ficar nada contente.

— Eu sei, mãe. Mas diga-lhe que lhe peço desculpa e que não o quero envergonhar. Mas quero que ele venha e que me dê o braço no caminho para a igreja.

— Deixa ver o que ele diz. Havemos de arranjar maneira de ir para aí uns dias antes, para ajudar nos preparativos.

— Não é preciso fazer muita coisa. Vão ser poucas pessoas, só os nossos pais e os tios, os meus irmãos e a irmã do Joaquim e mais uma ou duas pessoas aqui da aldeia. Queremos que seja uma festa pequena e discreta, só mesmo para depois podermos viver juntos e criar o nosso filho como deve ser.

— Vocês vão ficar a viver onde?

— Com os tios. Eles não se importam e o Joaquim sempre pode ir ajudando o tio Eusébio nos trabalhos da horta e com o gado. E depois de o bebê nascer, quando eu já me conseguir mexer, quero arranjar um trabalho, nem que seja em limpezas ou assim. Não me importo, só quero é conseguir criar este bebê em paz. E queria o João de volta...

— Já sabes que isso é complicado. Mandá-lo embora foi um erro, mas já não há nada a fazer.

— E se o pai falasse com o monsenhor Alípio?

— Tu conheces o teu pai e conheces o monsenhor. O teu pai tem-lhe muito respeito. E o monsenhor Alípio não é homem de voltar com a palavra dele atrás. Pode estar errado, mas faz finca-pé só para não admitir que não tinha razão.

Mais uma vez, Lurdes percebeu que estava perante uma estrada cortada e que teimar naquilo não a levaria a lado nenhum. Teria de confiar no tempo e esperar que algum acaso ou mudança de opinião lhe trouxesse de volta o filho que não tinha tido oportunidade de criar.

Despediram-se com a promessa de voltar a falar uns dias antes do casamento, para combinar tudo a tempo. Os pais haveriam de ir mais cedo para a aldeia e os irmãos apareceriam depois, no dia do casamento, para verem a irmã casar-se antes de todos eles, numa inversão completa do que era habitual — mas, na verdade, muito pouco na vida de Lurdes seguia a norma, pelo que talvez até fizesse mais sentido assim.

18

Lurdes não cumpriu a penitência imposta pelo padre porque continuava sem aceitar que tivesse pecado. Todo o conceito de culpa e expiação estava longe de lhe tocar. Fora emboscada, apanhada sem ter feito por isso e acabara vítima de um crime hediondo, às mãos de um homem sem escrúpulos. Não era culpada de nada. Não teria de se vergar perante uma igreja que punha nas vítimas o ônus da culpa. E se antes já era pouco crente, agora ainda menos. Começou a evitar a missa. Quanto menos se cruzasse com o padre, melhor. Quando esgotou o leque de desculpas, que variavam entre dores várias e indisposições, a tia decretou que aquilo teria de parar e que ela, como pessoa de respeito, teria de ir à missa, desse lá por onde desse. Lurdes engoliu em seco e acatou a ordem, certa de que jamais poderia fazer aquilo com a convicção que era imposta pela lei católica. Paciência — fingiria, se era isso que queriam. Faltava pouco para o casamento e, assim que fosse uma mulher casada e passasse a ser dona das suas decisões, deixaria de ir.

Juliana, que não partilhava com a amiga a hora da missa há algum tempo, estranhou o regresso e engelhou a testa quando soube que se devia a ordens superiores vindas de Graça que, na verdade, ainda era dona da casa onde

Lurdes morava, pelo que tinha alguma legitimidade para decidir sobre a vida da sobrinha. Perguntou-lhe apenas se estava tudo bem, se se tinha passado alguma coisa. Lurdes murmurou entre dentes que sim, que estava tudo como devia estar, e deixou-se ficar, uma figura de corpo presente entre a mole beata que ocupava os bancos da igreja sem deixar espaços vagos.

A presença de Lurdes não passou despercebida a monsenhor Alípio, que prontamente arranjou forma de falar para ela durante a homília, embora mais ninguém se apercebesse. Falou de ovelhas tresmalhadas e de como é possível recuperá-las, assim haja vontade e engenho; falou da culpa que, não podendo fazer-se desaparecer, é algo com que aprendemos a viver, desde que nos arrependamos dos pecados que cometemos, ainda que não tenhamos pecado voluntariamente e ainda que tenhamos cometido o mesmo pecado repetidamente; falou de como o tempo nos aproxima de Deus, se deixarmos aberta a porta do nosso coração. Sossegada no seu lugar, Lurdes mantinha os olhos fixos no chão, numa tentativa vã de evitar que o padre continuasse a enviar-lhe recados.

Quando terminou a missa, Lurdes fez menção de ir-se embora antes do habitual aperto de mão domingueiro com que o padre agraciava toda a gente já no adro da igreja. Juliana estugou o passo para acompanhá-la. Conseguiram evitar o cumprimento do homem, mas não os olhares surpreendidos com tamanha ousadia — como se toda a gente devesse vassalagem àquele padre que já tinha imposto por de mais a sua vontade nas vidas de demasiada gente. No caminho de regresso a casa, Lurdes manteve-se calada. Se falasse, diria mais do que queria e, apesar da tenra idade, já tinha aprendido o valor do silêncio. Juliana, em quem crescia desmesurada a revolta por tudo aquilo a que a amiga tinha sido sujeita, insistia em perguntar de que forma poderia ajudar Lurdes. Não obteve resposta. Quando chegaram à rua onde moravam, em vez de, como habitualmente, ficarem a conversar à porta de Juliana até ser demasiado tarde para pôr a mesa a tempo do almoço, Lurdes seguiu caminho sem sequer se despedir. Juliana não compreendia.

No dia seguinte, assim que se libertou das tarefas habituais, Juliana foi procurar o padre. Haveria de falar com ele e de fazer saber que estava ao corrente do que se tinha passado. Queria perceber que raio de ideia passara na cabeça do homem para entender por bem retirar do seio da mãe uma criança recém-nascida. Encontrou-o na sacristia, imerso em cartas que abria e retirava dos envelopes, que rasgava imediatamente em pedaços muito pequenos que deitava num caixote quase cheio. Quando a sentiu entrar, cumprimentou-a secamente e mandou-a aguardar enquanto tratava da correspondência. Juliana, que ia perdendo o controlo à medida que a impaciência aumentava, saltitava de um pé para o outro, nervosa. Quando o padre deu por terminada a tarefa, perguntou-lhe ao que vinha.

— Porque é que tirou o bebê à Lurdes?

— Não tirei bebê nenhum a ninguém. Quem é que te deu essa ideia?

— Eu sei a história, monsenhor.

— Sabes uma versão da história.

— Sei a versão de quem ficou sem o filho acabado de nascer.

— A voz de Juliana, agora mais baixa, começou a traí-la.

— Consegues imaginar-te a cuidar de um filho, Juliana? Tu até és mais velha do que a Lurdes, e mesmo assim... Consegues imaginar?

— Não consigo imaginar o que é ter passado pelo que ela passou e, no fim, ficar sem o filho. Ela não queria ser mãe, mas foi. E agora devia ser ela a tratar do menino, a criá-lo.

— E as pessoas? O que é que as pessoas haveriam de dizer?

— As pessoas habituam-se. As pessoas não têm nada que ver com isso.

— Ela merece um futuro. Com um filho nos braços, o que é que lhe ia acontecer? Que homem é que haveria de querer uma rapariga que já tinha sido aberta?

— Aberta? Mas que raio... — indignou-se Juliana.

— Desculpa. Que já não seja virgem.

— O padre faz ideia de quantas mulheres casam sem serem virgens? Mesmo aqui, sim, numa terra pequena? Faz ideia?

— Espero que não sejam muitas. Se forem, é sinal de que o meu antecessor não fez um bom trabalho com as moças.

— Vocês não têm nada que ver com isso, padre.

— Claro que temos. Zelamos pela vossa pureza espiritual e carnal.

— Não foi disto que vim cá falar consigo — disse Juliana, querendo voltar ao assunto que a levara à sacristia. — A Lurdes precisa que lhe devolva o menino.

— Enlouqueceste! Tira isso da ideia, rapariga. O rapaz está bem entregue. Tem uma pessoa a cuidar dele como se fosse sua mãe.

— Mas não é, pois não? A mãe dele está aqui e quer o filho de volta.

— Não quer nada, Juliana. O tempo há de fazer com que a Lurdes se esqueça.

— Nenhuma mãe se esquece de um filho, padre.

— Ela é tão nova... e vai ter mais filhos.

— E se não tiver?

— Se não tiver? Achas que vai agora fazer um desmancho, é?

— Que desmancho? O que quer dizer com isso?

— Juliana, a Lurdes está melhor assim, a crescer sozinha, mais ainda agora, que tem outro gaiato a caminho. Se tivesse o garoto com ela, tinha de criar dois com uma diferença de idades pequena. E a família dela não é propriamente rica para conseguir dar conta da empreitada. Eles hão de casar, hão de criar o bebê e a vida dela volta a pôr-se nos eixos. Qualquer dia já nem se lembra daquele primeiro filho.

— Está a dizer que a Lurdes está grávida outra vez?

— Não sabias? Vê lá tu, tão tua amiga que ela é, que engravida e nem te conta...

— Se calhar não contou para se proteger.

— Pois, de certeza. Olha, agora já sabes. — Monsenhor Alípio não era o homem mais paciente do mundo e isso começava a ser notório. — Já chega. Tenho assuntos a tratar e não posso estar aqui o dia todo. Vem à confissão um dia destes, acho que estás a precisar.

— Não, obrigada — disse Juliana secamente —, não fiz nada que precise de absolvição.

— Não é isso que pensamos todos? Mas Deus, lá em cima, não dorme e está de olhos postos em nós. Vai ser um belo Juízo Final...

— Não me ameace que eu não tenho medo de si — explodiu Juliana, o rosto a tornar-se vermelho à medida que a raiva a invadia. — Trate de trazer o menino para perto da mãe, onde é o lugar dele. O senhor não tem o direito de fazer isto!

— Mas quem é que tu pensas que és, menina? Respeito! Tu não sabes nada e não mandas nada. O que foi decidido vai ser mantido e a Lurdes vai continuar longe do filho, porque isso é para bem dos dois!

— O que é que você tem a ganhar com isto? Conte-me lá... Ou não me diga que a culpa de a Lurdes ter ficado grávida é sua e é por isso que quer esconder o bebê...

— Como é que te atreves? — vociferou monsenhor Alípio, batendo com as mãos com força na mesa.

— É isso, padre? Foi você que engravidou a Lurdes? — O pensamento não tinha atravessado a cabeça de Juliana até então, mas, por muito inacreditável que pudesse ser, parecia a coisa mais plausível. Explicaria a insistência em mandar o menino embora rapidamente e explicaria também por que razão era monsenhor Alípio tão dedicado a observar Lurdes, a falar com ela e a tocar-lhe sempre que a oportunidade surgia.

— Tu não te atrevas, Juliana... nem te atrevas a repetir isso, ouviste?

— Então conte lá... para que é que isto tudo lhe interessa?

Como é que isto lhe diz respeito?

— Só quero que a rapariga possa ter uma vida normal, que não seja enxovalhada porque foi mãe com catorze anos.

— Ela foi violada! Não engravidou porque quis. Não foi ela que chamou seja lá quem foi que lhe fez o filho. Ela ia na rua, sozinha, a caminho da casa de uma amiga, quando alguém a encostou não sei onde e a violou!

— Isso é o que ela te conta...

— É a verdade!

— Sabes lá tu...! Por acaso estavas lá a ver o que aconteceu? Não? Mas eu estava. Eu vi. E ela não é assim tão inocente. A tua amiga acende fogos dentro dos homens todos, Juliana.

— Como é que é capaz de dizer uma coisa dessas? Ela só quer que a deixem viver a vida dela em paz! Já era isso que ela queria antes de isto tudo acontecer. Agora mais ainda, que devia ter um filho para criar e só não tem porque o padre lho roubou.

— Para já com isso, Juliana! Não te admito. Não roubei nada a ninguém. Foi combinado com os pais da Lurdes que isto era o melhor a fazer. Assim têm os dois oportunidade de serem felizes.

— Eles nunca serão felizes longe um do outro. À Lurdes vai sempre faltar um bocado. E o menino vai crescer sem mãe porque, por muito que a sua irmã se esforce, nunca vai ser mãe dele e um dia ele vai querer saber a história.

— Se isso acontecer, logo vemos o que lhe dizemos. Por enquanto, fica tudo como está.

— Não pode ficar! Traga o menino de volta para a mãe. A Lurdes não merece este castigo.

— Se calhar é esta a penitência que Deus reservou para ela.

— Se for, então deixe-me dizer-lhe que Deus é um perfeito idiota!

— Juliana! Respeita a casa onde estás! — Cada vez mais furioso, monsenhor Alípio achava-se prestes a explodir.

— Respeite você os votos que fez quando se ordenou padre! Tem muito pouco de santo, o senhor.

— Somos todos pecadores, Juliana. Todos temos contas a prestar.

— As suas são bem grandes e são capazes de o pôr a arder no Inferno.

— Deus me livre! — disse o padre, persignando-se.

— Deus não há de livrá-lo do facto de ter roubado uma criança à mãe, tenho a certeza.

— Sai daqui, Juliana. Vai-te embora, que é melhor.

— Ou o quê? — perguntou Juliana, num tom levemente provocador.

— Ou eu não respondo por mim... — O tom de aviso não passou despercebido a Juliana, que deixou esfriar a conversa sem exigir mais. Por agora, ficariam assim, mas o assunto haveria de surgir novamente. Atribuíra-se a missão de recuperar o filho de Lurdes e não descansaria enquanto não visse o menino no colo da mãe, o lugar mais doce onde poderia estar. Não se despediu do padre; voltou-lhe as costas num sinal de desprezo por tudo o que ele dissera e pelo que representava, e saiu tão depressa que quase deitava dona Eulália ao chão. Não entendia ainda o que levara o homem a tomar aquela atitude fria de separar uma família que estava a compor-se e que encontraria, com certeza, maneira de funcionar. Talvez fosse apenas maldade. Talvez aquilo manchasse a reputação que queria para si: ele não podia ser o pároco de um sítio onde meninas de catorze anos se tornavam mães, porque isso mostrava que, de alguma forma, falhara na sua missão de padre. Independentemente do facto de a menina em questão não ter querido engravidar e de não lhe poder ser apontada qualquer falha — estava apenas no sítio errado à hora errada, coisa que não poderia ter adivinhado. Um dia, haveria de entender aquele homem e talvez aí conseguisse perdoar-lhe a maldade que, mesmo podendo não ser intencional, causara já tanto dano à volta dele.

19

Nas aldeias pequenas, nada é mais difícil do que guardar segredos. O ditado antigo que assegura que até as paredes têm ouvidos não é tão verdadeiro em lugar nenhum como nas aldeias. Não fora o fato de ter de ir à procura do padre para mandar rezar uma missa em memória dos pais falecidos há várias décadas, Eulália nada saberia acerca de Lurdes. Não é que tivesse estado atrás da porta a ouvir, mas o volume em que monsenhor Alípio e Juliana conversaram facilitara. De repente, deu por si a tentar compreender que história era aquela de Lurdes ter um filho e, pior, de esse filho existir por culpa do padre. Achou-se descrente. Era impossível que um homem daqueles, sério e tão católico, alguma vez tivesse sido capaz de uma maldade, de que espécie fosse. Impensável que o pároco, sempre tão veemente nos seus sermões, sempre tão defensor das boas virtudes, fosse capaz da mais leve sombra de pecado capital. Mas ele não negara o seu envolvimento. Dissera que tinha feito o que havia a fazer, que era para o bem de Lurdes e do menino. E de repente Juliana perguntara se era ele o pai e ela não conseguira ouvir a resposta, pelo que poderia quase de certeza assumir que sim, que era isso, e que era por isso que ele se vira na obrigação de mandar o menino embora, não fosse o rapaz crescer como uma réplica em ponto pequeno daquele homem com feições tão características: os sinais na cara, o nariz adunco, o queixo anguloso, as sobrancelhas fartas.

Agora entendia a verdadeira razão por que Lurdes fora mandada para ali, para ajudar os tios, apesar de eles estarem ainda bem capazes de tomar conta de si próprios. Graça, de quem era bastante amiga, nunca deixara escapar uma palavra que a levasse a desconfiar de que talvez o que se contava por ali não fosse a verdade. E isto explicava também a chegada de monsenhor Alípio. O padre engravidara a rapariga, mandara o bebê embora — ainda haveria de descobrir para onde — e viera atrás dela para a terra para onde os pais a enviaram, certamente para evitar o escândalo no lugarejo onde viviam. Fazia sentido. Isto explicava também os olhares algo lascivos que o padre deitava de tempos a tempos às raparigas da aldeia. Afinal, ele era desses que se encantam por gaiatas, pensava Eulália. Padre de fachada, aparentemente, já que, ao que parecia, não respeitava os votos que fizera quando se ordenara. Não se podia confiar em ninguém, essa é que era a verdade, e Eulália já estava avisada. Talvez fosse altura de ser ainda mais católica, de acreditar ainda com mais fervor no preceito da Igreja. Decidiu por isso pedir ao padre que a ouvisse em confissão. O padre, agastado pela discussão com Juliana, tentou adiar a confissão, mas Eulália, teimosa, insistiu. O padre perguntou-lhe que pecado tão grave tinha cometido que não pudesse esperar por outro dia. Eulália demorou-se na resposta. Não sabia exatamente como pegar no assunto, e acabou por resolver ir lá diretamente, sem gastar tempo em preâmbulos sem importância.

— É preciso confessar as coisas más que fazemos, padre.

— Pois é, é para isso que serve a confissão, para que Deus nos absolva das nossas faltas.

— O senhor já se confessou?

— Como?

— Se o senhor padre já se confessou... desde que fez o filho à rapariga...

Monsenhor Alípio, incrédulo, ficou sem ar por um instante e sentiu o suor que se lhe formava na fronte.

— Do que é que está a falar, dona Eulália?

— Do menino que a Lurdes teve. É seu, não é?

— Meu? Mas...

— Eu ouvi-o falar com a Juliana, senhor padre. Pode conversar comigo, já percebi tudo...

— Vossemecê não percebeu nada, mulher! É o que dá pôr-se a ouvir conversas que não lhe dizem respeito! Mas alguma vez na vida eu ia tocar na rapariga?! Por amor de Deus, dona Eulália... Não diga uma coisa dessas nem a brincar!

— Então, mas... eu nem sabia que a miúda já tinha um filho... De repente percebi! E a Juliana perguntou-lhe se era o senhor o pai e não o ouvi negar!

— Ó mulher, deixe-se disso! Eu sou padre! Fiz um voto de castidade. E mesmo que não tivesse feito... a Lurdes tinha catorze anos, era uma criança! Eu era incapaz...

— Mas ela foi mandada embora lá da terra dela... e veio sem o menino. E eu sei que foi o senhor padre que deu destino ao bebê, ouvi isso ainda há bocado. E depois o senhor padre veio atrás dela. Só pode ser para ter a certeza de que ela não dá com a língua nos dentes, não é?

— Não, claro que não é! A Lurdes teve um bebê e, se tivesse de o criar, nem ela nem o garoto tinham futuro nenhum. Ou você acha que é fácil ser-se mãe aos catorze anos, numa terra pequena, com toda a gente a falar disso nas costas?

— Pois, não sei... Mas desconfio de que nada do que me está a contar é verdade. Então se o menino não fosse seu filho, o que é que a si lhe interessava quem é que o criava? E se não fosse para ter a certeza de que a Lurdes andava calada, para que é que tinha de vir atrás dela?

— Mas quem é que lhe disse a si que eu vim atrás dela? — questionou o padre, tentando ganhar tempo para o que acabaria por ter de explicar.

— Ela chegou cá e o padre ficou com a paróquia a seguir.

— Ao tempo que isso estava decidido, senhora!

— Então, mais me ajuda! Tratou de a mandar para um lugar onde sabia que ia conseguir controlá-la!

— Dona Eulália, pare de inventar coisas, por amor de Deus! Nada disso é verdade, não se meta em assuntos que não são seus.

— Até quando é que acha que vai conseguir esconder isto, senhor padre? Porque é que não assume o que fez e traz de volta o garoto para perto da mãe?

— Porque eu não fiz nada! O miúdo não é meu filho e é melhor para ele e para a Lurdes que as coisas fiquem como estão.

— Mas porquê? Porque é que o gaiato há de crescer longe da mãe? Lá porque é filho de um padre e não pode crescer com o pai, ao menos que cresça ao pé da mãe!

— O miúdo não é filho de padre nenhum, mulher! Já lhe disse que ele não é meu filho, que inferno!

— Ó senhor padre, mas ninguém tem de saber. Traga lá o garoto e vai ver que as coisas se compõem.

Algures a meio da frase, monsenhor Alípio deixou de ouvir Eulália. Estava perante uma mulher que, apesar do que ele lhe dizia, preferia acreditar numa fantasia que nascera de uma conversa ouvida pela metade. Também ele conhecia bem estes lugares pequenos e sabia que era uma questão de tempo até que uma bola de neve de mentiras se soltasse e rolasse montanha abaixo, levando consigo tudo quanto apanhasse pelo caminho. Era preciso parar aquilo já ou os resultados seriam desastrosos.

20

Demorou dois segundos a recuperar a respiração. Agora era preciso dar àquilo um sentido plausível. Eulália desfalecera, tropeçara no tapete e acabara a bater com a nuca numa esquina viva. Pegou nela pelos braços, arrastou-a, engelhou a carpete como se ela lhe tivesse enfiado um pé por baixo e, soçobrando, tivesse depois dado meia-volta sobre si mesma, numa tentativa de equilíbrio impossível. Não haveria do que desconfiar — ninguém duvidaria do padre, menos ainda quando ninguém sabia que ela estava ali, nem qual o teor da sua última conversa. Era preciso limpar a base da santa, mas nada que um pouco de água não resolvesse. Encostou o sítio de onde Eulália sangrava à esquina da mesa — e aí, sim, ficariam vestígios — e deixou-a tombar de seguida. Deus havia de lhe perdoar a ousadia de evitar problemas para si e para a sua igreja.

Gritou por Gertrudes, a velha beata que tomava conta da igreja. A mulher acudiu tão depressa quanto as pernas gastas lho permitiram. Entrando na sacristia, deparou-se com o padre em estado de choque, as mãos a agarrar a cabeça, os olhos fixos na mulher que se esvaía em sangue em cima do tapete.

— Ó senhor padre, o que é que aconteceu? Meu Deus do Céu, a dona Eulália...

— Tropeçou... bateu ali com a cabeça...

Tremiam ambos: o padre porque acabara de encenar a maior pantomina de sempre e precisava de a manter até que terminassem os seus dias, ou haveria de acabar encarcerado algures com assassinos e violadores; Gertrudes porque nunca vira ninguém morrer assim, aquilo não fazia sentido nenhum, a não ser que houvesse mão do padre, e porque, secretamente, pensava que já não estava capaz de resolver pelas próprias mãos a questão do sangue entranhado no tapete.

— Temos de chamar a Guarda, senhor padre.

— Vá lá você, Gertrudes, que eu não estou capaz de andar.

— A dona Eulália está mesmo morta?

— Deve estar, acho que não respira, se calhar é melhor verificar.

— Veja o senhor padre, por favor, que tenho tantos calos nas mãos que acho que não estou capaz.

Sem conseguir uma desculpa satisfatória que lhe mantivesse as mãos longe do pulso e do pescoço de Eulália, o padre procurou resquícios de vida naquele corpo que sabia morto. Teria de representar o papel e faria o que fosse preciso. Enquanto se certificava do que já sabia, deu por si a pensar que estava a reunir uma coleção considerável de pecados capitais. Já roubara um filho à mãe, não conseguia controlar os pensamentos que o levavam, nu, para junto de Lurdes, também ela nua, e agora matara uma pessoa. Pior do que tudo isto: a incapacidade de confessar estes pecados, fosse a que padre fosse. Ainda assim, acreditava que Deus não dorme e que, no dia em que fosse chamado a prestar contas no Juízo Final, todo este elenco de pecados seria mencionado e contribuiria para o fazer descer vários degraus na escada do Inferno. Paciência: quando lá chegasse logo veria como era — se é que havia mesmo Juízo Final... Às vezes pensava que tudo isso podia ser apenas uma manobra de diversão de alguém com uma mente retorcida que, há quase dois mil anos, se divertira a semear o medo.

— Está morta — disse.

— Vou lá acima chamar o chefe Bento, então. O senhor padre fica bem aqui sozinho?

— Fico, fico. Vá lá. Eu fico aqui a rezar um pai-nosso pela defunta.

O tempo que a Guarda demorou a chegar foi o suficiente para o boato se espalhar pela aldeia. Alguém, tendo visto Gertrudes num passo quase corrido, perguntara o que se tinha passado e ela, afogueada e sem grande cuidado, dissera apenas que Eulália morrera na sacristia. Foi chegar o lume à palha. Em menos de nada, toda a aldeia sabia da morte inesperada de Eulália. Não foi sequer preciso tocar o sino. Muitas pessoas acorreram à igreja, numa tentativa de perceberem o que se passara. Quando Gertrudes voltou à sacristia, acompanhada do chefe do posto, já um grupo considerável se juntara por ali. Foi preciso pedir licença e empurrar um ou outro ombro mais relutante, ou teria sido impossível entrar. Lá dentro, o padre continuava em choque, sentado numa cadeira, as costas meio voltadas para a morta, a cabeça enterrada nas mãos.

— O que é que se passou, senhor padre? — perguntou o guarda, mal entrou na sacristia. Era um homem de meia-idade, pouco habituado a ter de trabalhar. Nascera ali e decidira continuar por ali porque, bem vistas as coisas, aquele não era o sítio com maior taxa de criminalidade do mundo e isso garantia-lhe, à partida, uma vida sossegada.

— A dona Eulália veio aqui falar comigo, queria marcar uma missa em memória dos seus falecidos pais. Estávamos à conversa e, não sei como, ela tropeçou e caiu. É capaz de ter enfiado o pé aí debaixo do tapete, isso de vez em quando está assim meio levantado... Bateu com a cabeça naquela esquina e caiu redonda. Começou logo a escorrer sangue e não abriu mais os olhos.

— E o que é que o senhor fez a seguir?

— Gritei por ajuda. Chamei a dona Gertrudes, que andava lá dentro a limpar. Ela veio logo e depois foi lá acima, ao posto, chamá-lo a si.

— Pronto. Vou só chamar cá o médico, para depois podermos levá-la e tratar do funeral. Vou avisar a família dela. Quando chegámos estava um grupo de gente lá fora, mas não dei por ninguém da família. Se o médico chegar entretanto, diga-lhe que podem levar a senhora para o posto, se precisarem. Ou podem pô-la já na casa mortuária. Façam conforme der mais jeito.

Enquanto o padre conversara com o chefe do posto da Guarda, Gertrudes aproveitou para pôr toda a gente ao corrente do acontecimento. Não demorou muito até que a filha da mulher morta, Maria Aurora, aparecesse. Irrompeu pela sacristia, apesar das tentativas das pessoas que estavam na rua para a impedirem de entrar. Queria ver a mãe e gritou isso até que o único som que as suas cordas vocais conseguiam emitir era um grasnar roufenho e quase inaudível. Vendo a mãe estendida no chão, nada a tapá-la ainda, ajoelhou-se ao seu lado e chorou. As lágrimas misturaram-se com o sangue no tapete e tudo o que conseguiu dizer foi um «mãe» sentido e já cheio da saudade que haveria de acompanhá-la até ao último dos seus dias. O médico chegou pouco depois. Pediu a Maria Aurora que saísse, tinha de examinar a falecida para que o corpo pudesse depois ser preparado condignamente e velado. O padre teria sido o primeiro a segurar a órfã pelo cotovelo, dando-lhe algumas palavras de alento, mas também ele estava siderado e incapaz de qualquer reação. Por isso, foi Gertrudes quem conduziu Maria Aurora à rua, repetindo ininterruptamente um irritante «pobrezinha», que aquela mulher, acabada de perder a mãe, se julgava já incapaz de ouvir.

Não se fizeram mais perguntas ao padre, afinal não era suposto questionar a idoneidade do chefe da Igreja em funções. Maria Aurora pediu que se fizesse o funeral dali a dois dias, para dar tempo à família, entretanto migrada, de regressar a casa. Era filha única, vivera com a mãe desde que o pai as abandonara, quando ela era pouco mais do que uma miudinha. Prometeu à mãe que nunca haveria de a largar e cumpriu. Casou, foi mãe e nunca soube o que era isso da felicidade — as novelas que ouvia na rádio contavam histórias de mulheres felizes, casamentos felizes, famílias a açambarcar a perfeição toda que existia no mundo; a ela calhara-lhe um punhado de coisa nenhuma. Apesar da vida que construiu com o marido e com as filhas, nunca deixou para trás a mãe, mulher casmurra, mas de coração bondoso, que falava mais do que conseguia escutar e que tinha um talento inato para se meter em assuntos que não lhe diziam respeito. Cuidara dela quando a velhice chegou: dava-lhe banho, lavava-lhe o cabelo com água e sabão azul e branco, hábito antigo que a idosa nunca vergou à moda dos champôs, secava-lho com uma toalha, escovava-o e cortava-lhe as pontas, quando tornavam a bater-lhe na cintura, e fazia-lhe o carrapito que havia de lhe prender o cabelo até ao dia da lavagem seguinte; ajudava-a a calçar as meias pelos joelhos, que prendia a seguir com elásticos, atava-lhe o avental que usava sempre (um em casa, para os serviços que ainda ia fazendo, e outro, lavado, sempre que ia à rua), segurava-lhe o braço enquanto andavam, se a sentia mais cabisbaixa, coisa que acontecia sempre que se aproximava o aniversário da data em que o marido a trocara sabe-se lá por que outra vida. As netas, três raparigas de idades muito próximas, tinham pela avó um carinho imenso e guardavam dela recordações doces: a festa de anos que, quando tinha sete anos, a neta mais nova fizera questão de lhe preparar (obrigara a mãe a fazer um bolo, a enfeitar a mesa e a chamar as vizinhas para cantarem os parabéns à mulher que só para lá dos sessenta anos soube o que era isso de soprar uma vela num bolo de aniversário); as canjas que fazia todas as semanas, sempre que as netas mais novas passavam com ela os meses de verão, por falta de alternativas para tomarem conta delas enquanto os pais trabalhavam e não havia escola; as canecas de leite com cevada que lhes levava à cama de manhã, para que acordassem devagarinho; os passeios à noite, pela aldeia, na altura das festas de verão, quando ainda eram demasiado novas para irem para o recinto sozinhas, e ela já demasiado velha para as levar.

21

No velório, comentou-se a má sorte dos acidentes, por mais estranhos que parecessem. Este, em particular, tinha o lado negro das fatalidades. Eulália ia à igreja sem grande devoção — isto é, não era de chegar mais cedo para arranjar lugar à frente. Logo ela, devota mediana, tinha de acabar assim, morta numa simples ida à sacristia, coisa corriqueira e banal. O padre, que costumava estar sempre um bom bocado a fazer companhia aos familiares enlutados, ainda não aparecera. Devia ser do choque, com certeza. Não é todos os dias que nos morre alguém no local de trabalho, e a consternação teria certamente tomado conta do pobre homem. A família passou ali a noite, entre terços rezados em surdina e malgas de caldo verde comidas quando a fome se impôs. O café deslavado, mantido quente numa térmica antiga, ajudou a assegurar que a maior parte das pessoas conseguiria passar a noite acordada. As restantes adormeceram com a nuca encostada à parede, a boca aberta a exibir a falta de dentes, o corpo mais sedento de descanso do que respeitoso perante a morte.

Além da sala onde se velavam os corpos, a casa mortuária tinha apenas uma pequena casa de banho, que por vezes se mostrava insuficiente para dar vazão às bexigas cheias nas noites de velório. Nem sempre havia lugar para todas as pessoas que, mais por hábito do que por tristeza e antecipação da saudade, insistiam em passar ali a noite; por isso era comum que se revezassem, ficando umas durante o serão e até meio da madrugada, para serem depois rendidas por outras que, tendo jantado ainda mais cedo do que o habitual, tinham tratado de dormir um pouco até serem acordadas por despertadores que marcavam três ou quatro da manhã. Estas noites eram tantas vezes guerras perdidas contra o sono. Os homens, a não ser que fossem familiares diretos de quem tivesse morrido, escusavam-se a estes serões e ficavam em casa, como se nada se tivesse passado.

No meio da sala, o corpo gelado e cinzento era a coisa que menos se via. Ali, naquela aldeia perdida no mapa, os velórios e os funerais eram muito mais acerca de quem continuava vivo do que de quem morria: são as conversas sobre as vidas alheias, são as teorias acerca das mortes, são as relações, de repente sanadas, porque uma das partes morreu. Há, nos funerais, um resquício de maldade que é impossível conter. Ali não era diferente. O cinismo chegava sempre a horas a estes eventos. Vizinhos que mal se falavam passavam a ser os melhores amigos, coisa que era difícil de contrariar quando uma das pessoas envolvidas na relação acabara de morrer e não podia já dizer de sua justiça. Pessoas que tinham sido odiadas a vida inteira passavam a figurar na galeria dos heróis da terra — «Coitado, ainda sofreu um bocado antes de morrer», «Deus, Nosso Senhor, teve misericórdia dele e levou-o lá para cima» (na maioria das vezes, lá para baixo seria o termo correto), «Coitadinho, já lá está, o pobrezinho». Eulália não era um destes casos. Fora uma mulher reta, que vivera toda a vida bem com toda a gente, estimada por todos, caridosa e sempre disponível para ajudar quem precisasse.

Na capela mortuária, as mulheres conversavam madrugada fora, começando na falecida e terminando na sementeira de tomate que este ano haveria de dar boa quantidade. Falava-se de quem ainda não tinha chegado ao velório, de quem tinha morrido há anos, de quem tinha ganhado o Festival da Canção. Chorava-se, mas pouco. De inverno, apesar de Gertrudes ligar o aquecedor na potência máxima assim que se sabia que tinha morrido alguém, a sala nunca chegava a aquecer a ponto de ser minimamente confortável, e havia sempre alguém que se lembrava de levar uma braseira preparada, que acenderia depois e iria mexendo ao longo da noite, para atiçar as brasas. De verão, apesar da porta e das janelas abertas numa tentativa de provocar uma corrente de ar que refrescasse um pouco a sala e ajudasse a diminuir o cheiro a cadáver em decomposição, o máximo que acontecia era uma invasão de muriçocas que, atraídas pela luz, acabavam a ter a sorte de um banquete de sangue à disposição.

Maria Aurora, amparada pelas primas, era o retrato da desolação. À dor da morte da mãe juntara-se o desígnio inexplicável do acidente: que morte mais parva, tropeçar num tapete e bater com a cabeça na quina de uma mesa. Que horror. As velhas da aldeia, presença certa em todos os velórios, eram as únicas que, chegando perto do corpo, tiravam de cima do rosto de Eulália o pano que a resguardava, o ar mais sereno do mundo a finalizar um capítulo inexplicável, e lhe davam um beijo na face gelada. Cada vez que o pano se levantava, Maria Aurora regressava ao choro mais sentido e repetia baixinho:

«Mãe, mãe.»

Graça mantinha-se afastada das outras mulheres. Nenhuma tentou mais do que passar-lhe a mão no braço e esboçar um sorriso. Sabiam que Eulália era a sua amiga mais próxima e entendiam que aquela morte doesse mais a Graça do que a qualquer uma delas. Ao seu lado, Lurdes amparava-a. E sabia. Não tinha visto nada, mas aquela morte disparatada não era plausível.

Não percebia porquê, mas tinha a certeza de que fora monsenhor Alípio a fazer desaparecer Eulália. Também aquela mulher seria para o padre uma fonte de problemas.

Quando chegou ao velório, Juliana puxou Lurdes à parte e perguntou se se soubera mais alguma coisa entretanto.

— Nada — respondera Lurdes. — Toda a gente fala nisto ter sido um acidente.

— Achas que foi?

— Não. — Lurdes conhecia demasiado bem a índole do padre para acreditar em acidentes à sua volta, mas sabia que não conseguiria fazer frente à aldeia toda, que via naquele homem o seu mais alto governante e lhe devotava um respeito imerecido, porém cego.

— Fui falar com o padre. A dona Eulália estava lá quando eu saí. Eu estava tão furiosa que só não a atirei ao chão quando saí porque não calhou.

— Foste lá fazer o quê? Ainda não percebeste que este homem é perigoso?

— Fui ver se arranjava maneira de o obrigar a trazer o teu filho de volta. E acabei por saber que estás grávida...

— Fala baixo, Juliana, por favor. Não me arranjes mais problemas. Eu resolvo isto tudo, não te metas. Não quero que arranjes encrencas para ti.

Juliana não insistiu. Decidiu dar à amiga o tempo que ela precisasse para se organizar. Haveriam de falar no assunto mais tarde, sem ouvidos alheios por perto.

Já perto do amanhecer, os familiares mais próximos de Eulália foram num pulo a casa para tomar um duche e trocar de roupa, o luto a fazer-se sentir na mancha negra que eram as roupas de toda a gente que estava no velório. Aproveitaram para comer o que a angústia permitiu, o que, como seria de esperar, foi quase nada. Voltaram para a casa mortuária a tempo de ver o caixão ser fechado, Maria Aurora a despedir-se da mãe num choro silencioso de coração aberto.

O funeral estava marcado para as onze, mas a quinze minutos do meio-dia ainda ninguém tinha encontrado o padre — estava enterrado na cama, as mãos por cima da cabeça, a única altura em que permitira que o desespero fosse mais voraz do que o resto. Teria de se levantar. Já por três vezes ouvira murros na porta; vozes lá fora chamavam por ele: «Que será feito do homem, será que morreu para ali sozinho, sem conseguir pedir ajuda, como raio vamos encontrá-lo, caramba?»

Sabia que não tinha como escapar. Toda a gente entendia que estivesse abalado: uma mulher morrera na sua igreja, na sua presença. Mas não tardaria muito até que alguém fizesse perguntas incômodas; não demoraria para que começassem a surgir as teorias que, embora parecessem fantasias, estavam muito mais próximas da realidade do que tudo o resto. Seria suspeito se ele não aparecesse para celebrar o funeral. Não podia dar-se ao luxo de puxar para si mais holofotes do que os que já tinha.

Chegou-se ao espelho e quase não reconheceu a cara encovada que lhe devolvia o olhar. Não dormira, não comera desde o almoço do dia anterior, não se lavara sequer. Precisava de um banho, de um café e de uma boa justificação. Tratou de pôr-se apresentável, engoliu uma maçã meio à pressa e decidiu que não se justificaria de maneira nenhuma — sabia que, quanto mais explicações desse, mais falso soaria. Ele podia escusar-se a isto. Era o padre, figura de respeito naquela terra, e as pessoas teriam de aceitar a sua posição, tão simples quanto isso.

Chegou à capela mortuária quando passavam dezessete minutos do meio-dia. Deu os bons-dias, foi paramentar-se e regressou para começar a cerimônia. Disse uma oração breve.

Perguntou a Maria Aurora se queria despedir-se da mãe ali ou se preferia que se abrisse o caixão no cemitério. A filha da falecida escolheu a última opção, as lágrimas de novo a sulcarem-lhe fossos na pele.

Encaminhou-se o caixão para a igreja, para que se celebrasse a missa de corpo presente. Talvez por o padre ter demorado tanto, poucas foram as pessoas que, durante a cerimónia, cederam ao pesar que sentiam. Era como se a dor tivesse já passado de prazo e deixado de fazer sentido. Sem os habituais choros estridentes, que impedem o padre de se fazer ouvir, a cerimónia decorreu muito mais rapidamente do que de costume. Ainda não era uma da tarde e já o cortejo subia até ao cemitério. A acompanhar a falecida, o ruído habitual: pessoas em conversas triviais que nada tinham que ver com a desgraçada que, morta, encabeçava o cortejo. Chegados ao cemitério, a cova já se encontrava aberta, os coveiros com o ar mais entediado de sempre pareciam esperar a morte que, na verdade, tinha sido a primeira a chegar. Com a urna colocada à ponta da cova, o padre voltou a perguntar a Maria Aurora se queria que se abrisse o caixão — desejou que ela dissesse que não para que não fosse obrigado a encarar aquele rosto morto às suas mãos, mas não teve sorte.

Abriu-se o caixão, Maria Aurora deu um beijo no rosto gelado da mãe. Inspirar antes de aproximar o nariz, expirar só depois de assentes os beijos, que os corpos mortos não esperam por despedidas e desfazem-se à velocidade que querem, não à velocidade que seria ideal que se desfizessem. Descido o caixão à terra, o ritual habitual: flores, terra, mais flores, o povo a dispersar, a família mais chegada a ficar para trás, Gertrudes a manter-se por ali, qual traça num armário à espera do momento certo para atacar. Monsenhor Alípio segurou nas suas mãos as de Maria Aurora, ordenou-lhe que o procurasse se precisasse de consolo, garantiu-lhe que, bondosa como era, a idosa estaria já sentada ao lado de Deus, certamente já na presença de um repasto condigno e de olhos postos na filha, sua preciosidade maior, seu cuidado para sempre. Haveria de guardá-la lá de cima, de olhar por ela e pelas netas, e um dia, daqui a muitos, muitos anos, reencontrar-se-iam lá no alto, uma festa ainda maior para acolher Maria Aurora, igualmente merecedora do melhor lugar junto a Deus, ele, monsenhor Alípio, é que sabia. Maria Aurora, o nariz a fungar descontrolado, não conseguia articular palavras, mas, por dentro, volteava entre a crença no que o padre lhe assegurava e a desconfiança acerca da morte da mãe, que aquilo de ter tropeçado num tapete e batido com a cabeça no exato ponto que a faria finar-se era história que não a convencia por completo, mas que, não tendo como confirmar ou desmentir, teria de aceitar.

22

Durante quase duas semanas, as horas de sono foram reduzidas ao mínimo essencial para a sobrevivência. Preparar um casamento exigia muitos braços disponíveis e significava pouquíssimo descanso nos dias que antecediam a cerimónia. Lurdes, com os enjoos a apoderarem-se de todas as suas horas, conseguia fazer muito pouco. Não tinham convidado muitas pessoas, mas mesmo assim era preciso assegurar o almoço e toda a logística. Fizera ela mesma o vestido: não quis nada muito elaborado e precisava de manter a barriga tão disfarçada quanto possível. Comprara uns metros de tecido bege, planeara um corte a direito, discreto e sem floreados, e cosera o vestido em meia dúzia de serões. A tia ajudara-a a aplicar uns enfeites simples e deram a obra por terminada sem grandes preocupações — não seria o vestido mais bonito que já se vira, mas seria o suficiente para fazer de Lurdes uma noiva elegante e singela. Havia de levar o cabelo escorrido, enfeitado com uma bandolete de flores e, nas mãos, um raminho simples de flores do campo. O dinheiro que Joaquim andara a juntar para, quem sabe, um dia, comprar um carro foi aplicado nas alianças — sobrara algum, claro, mas haviam de precisar dele para o enxoval do filho.

Uma semana antes do casamento, Irene chegou à aldeia para ajudar a filha com o que faltava. Não se viam há muitos meses e nenhuma soube exatamente como lidar com o reencontro.

Acabaram abraçadas, a enxugar as lágrimas no ombro uma da outra, a saudade a gritar mais alto do que tudo o resto. Quando sentiu que já tinha controlado o choro, Irene afastou ligeiramente a filha, segurando-a pelos ombros.

— Estás com um ar tão cansado...

— Não tenho dormido muito, mãe.

— E o bebê?

— Está tudo bem. Ainda não sinto nada.

— Como é que tens passado?

— Ando bem; às vezes um bocadinho enjoada.

— Faz parte, tens de ir aguentando. Já sabes como é.

Irene quis evitar o tom maternalista e algo repreensivo que quase lhe saiu de supetão. Lurdes acumulava torturas com as quais tinha de lidar, e a mãe entendeu que de nada adiantava sublinhar esse facto. Com o tempo, talvez a vida da filha se encarreirasse e todos aqueles acontecimentos que iam chegando muito antes do que seria natural se tornassem alicerces importantes e já resolvidos. Era certo que tudo isto estava a ensinar muito a toda a família: a uns, a fingir que não viam e que nada se passava; a outros, a saber como lidar com o imprevisto e com as opiniões de gente que, não interferindo diretamente, conseguiam tornar-se uma densa nuvem negra a pairar sobre a vida da família. Haveriam de sobreviver; talvez fosse ainda demasiado cedo, mas haveriam de sobreviver.

Irene quis saber onde fazia mais falta. Passou os dias até ao casamento a engomar roupa e a arranjar legumes, a mexer panelas e a verificar se os bolos que assavam no forno não acabavam em carvão, bons para deitar ao lixo. Era a primeira filha que casava e isto era coisa que, apesar de tudo, merecia atenção especial.

No meio da azáfama dos dias que antecederam a boda, ninguém se lembrou de perguntar a Lurdes se estava certa do que ia fazer. Não era assim que os casamentos funcionavam por aquelas bandas. Mas, no fundo, talvez todos tivessem medo da resposta que Lurdes pudesse dar — e o que se faria a tanta comida, como se resolveria mais uma vergonha, como se suportaria o olhar de ódio do padre, que ficaria mais furioso ainda com um casamento que não se realizasse do que já estava com este casamento prestes a acontecer.

Na véspera do enlace, ainda faltava um bom par de horas para o almoço, já a família de Lurdes se apresentava ao serviço. Ezequiel, entretanto inexplicavelmente envelhecido, olhou de relance a filha e pouco mais fez do que murmurar um cumprimento seco. Não sabia como lidar com uma miúda que insistia em fazer tudo pela ordem inversa: primeiro um filho, depois um namorado, depois outro filho e só a seguir um casamento. Era-lhe difícil não se deixar enterrar num sentimento de vergonha incapacitante; sabia que haviam de falar de si nas costas, sabia que diriam coisas que, não sendo verdade, não eram completamente mentira. E o pior, o que o magoava mais, era saber que, se a filha não fosse dele, também ele comentaria e diria coisas pouco abonatórias acerca da rapariga que, tão novinha, cedera ao primeiro que lhe aparecera e acabara mãe antes de chegar aos quinze anos.

A Lurdes, doía-lhe no peito o destrato com que lidavam com ela. Era como se fosse uma estranha, figura praticamente desconhecida daquela família — era quase como se nunca tivesse vivido com eles, como se não fosse filha e irmã daquela família. Apenas Alice e Filomena deixaram que as saudades e o amor fraterno dissessem o que tinham a dizer. Abraçaram com força a irmã, choraram no seu ombro, acariciaram-lhe a barriga e perguntaram como estava, se era feliz, se era aquilo que queria, o que era feito de João, como tinha sido aquele tempo, o que havia de novo para contar, estava tão diferente, tão bonita, tão adulta e tão mais vivida já do que elas as duas, ainda solteiras, ainda sem namorados, vinte e muitos anos de coisa nenhuma, no caso de Filomena, sem perspetivas, sem futuro, sem nada, assim mesmo, de rompante, quase sem respirarem entre as frases. De certa maneira, o casamento da irmã incomodava Filomena, que começava a sentir que talvez acabasse encalhada, arrumada a um canto, exímio bibelô a ocupar o lugar de tia, o ventre sempre vazio, as mãos cheias de nada e, no coração, o poderoso vazio de quem não tem ninguém que o ame — talvez envelhecesse vazia e encarquilhada, cada dia mais morta, sempre por comparação com a irmã que, a rasar os dezessete anos, estava a caminho do altar e do segundo filho, demasiada sorte para uma mulher que era pouco mais do que uma gaiata.

Lurdes, habituada à solidão que conquistara ali, na aldeia, deixou que as irmãs a mimassem. Permitiu que voltassem a ser as três como haviam sido a vida inteira, amigas, cúmplices, irmãs. Sabia que o facto de estar grávida do segundo filho e prestes a casar as incomodava — não por ela, mas por ainda não terem vivido nada sequer parecido. Não queria magoá-las com relatos da sua própria felicidade, mas elas eram, além de Juliana, e apesar do tempo que passaram afastadas, as pessoas a quem podia chamar amigas.

Contou-lhes como conhecera Joaquim, o que vira nele, a maneira como se sentia quando estava com ele; contou-lhes que engravidara sem querer, mas desta vez já sabendo os riscos que corria; contou-lhes que nunca equacionara ficar também sem esta criança — ia ser mãe novamente e, pela primeira vez, ia ser mãe de facto, a mãe que cria o filho, que o acarinha, que o educa, que o ama e o vê crescer; contou-lhes como era a vida ali, em casa dos tios, e como se sentia segura do que estava prestes a fazer, ainda que não pudesse fazer outra coisa que não aquela. Garantiu-lhes que estava feliz, apesar de não saber de João, apesar de não ter ainda conseguido recuperar o filho, apesar de o padre continuar a interferir como se a vida dela lhe dissesse respeito. Falou-lhes dos planos para o que vinha a seguir: ficarem a morar em casa dos tios por enquanto, até se endireitarem, até conseguirem ambos trabalho e melhores condições para gerirem uma casa sozinhos. Disse-lhes que ainda não tinham pensado em nomes para o bebê, e que achava que desta vez seria uma menina, não sabia porquê, era apenas uma sensação. Alice, num repente, sugeriu que, se fosse mesmo uma menina, se chamasse Luísa; Luís, caso a irmã se enganasse e tornasse a ser mãe de um menino. Lurdes, sem pensar muito, disse que sim, talvez, Luísa era um nome bonito, era doce, dava-lhe uma sensação de paz. Haveria de contar a Joaquim e, se ele não se opusesse, em breve seriam tias de uma Luísa ou de um Luís, que havia de crescer por ali, tão feliz quanto a vida lhe permitisse ser.

23

Apesar da inversão da suposta ordem natural dos acontecimentos, Lurdes tentou cumprir as tradições. O noivo não a veria antes de ela subir ao altar, seria o pai a levá-la lá, o vestido, apesar de não poder ser branco, não fugia muito ao tom. Dispensou a flor de laranjeira, mas enrolou no pulso o seu terço, mais por hábito do que por crença.

No dia do casamento, deixou que as irmãs e Juliana a penteassem, e pôs um batom leve nos lábios. Queria estar bonita, mas não se esquecia nem da idade que tinha nem do facto de não casar virgem. Mais do que a vaidade, importava-lhe a discrição. Bastava o falatório que não tardaria a correr as ruas da aldeia e que transformaria uma coisa simples num caso cheio de caminhos retorcidos, cortesia dos pontos que seriam acrescentados cada vez que alguém falasse no assunto.

Não se atrasou muito, dez ou quinze minutos, apenas. Estava um dia quente e o ar não demoraria a ficar praticamente irrespirável. Os convidados que a acompanhavam reuniram-se na rua, à espera que a noiva saísse de casa em direção à igreja. Nem todos sabiam o que se escondia debaixo do vestido, nem Lurdes nem ninguém fez questão de esclarecer. A noiva, simples, mas ainda assim tão bonita, esperou que o pai lhe desse o braço para fazer com ele o curto caminho que os separava da igreja. O pai, com pouca vontade, mas resignado ao que a vida lhe reservara, foi caminhando lentamente ao lado da filha.

Pelas ruas, à medida que iam andando, as pessoas assomavam-se às portas e às janelas, para verem como ia a noiva. Toda a gente se surpreendera com aquele casamento tão antecipado, mas todos rapidamente perceberam que não tardariam a entender os motivos por detrás do enlace. Quando chegaram ao adro da igreja, Alice foi à frente avisar Joaquim que a noiva estava a chegar. Ele devia esperar por ela no altar e todos os convidados deviam sentar-se antes de ela entrar, num cumprimento rigoroso do protocolo.

Atrás do altar, monsenhor Alípio aguardava com um ar entediado a entrada da noiva. Continuava a não estar satisfeito com o que estava prestes a acontecer e fazia questão de não o disfarçar. Sentia-se a abdicar de algo que, na verdade, não era seu, mas de que se sentia dono por direito: Lurdes era, de alguma forma que não conseguia explicar, sua. Ele vira-a muito para além do que toda a gente conseguia ver; via a mulher sedutora, o pecado que se movia dentro dela, e era uma injustiça que não pudesse usufruir da sua descoberta. Dificilmente conseguiria resistir-lhe, se um dia houvesse hipótese de a ter.

Quando Lurdes começou a fazer o caminho até ao altar, dois corações pararam por um momento — Joaquim olhou a noiva e teve a certeza de que nada poderia impedi-lo de tentar fazer dela uma mulher feliz; monsenhor Alípio arrependeu-se do tempo em que, tendo estado perto dela, optou por não lhe tocar — talvez tivesse sido um ato criminoso, mas ter-lhe-ia dado a conhecer o sabor daquele corpo que tanto o desorientava; teria quebrado todos os votos por aquela rapariga, quase mulher, se isso significasse tê-la.

Quando a entregou a Joaquim, Ezequiel não olhou a filha nos olhos. Foi como se passasse a outro um problema que já não era seu, embora fosse. Não conseguia esquecer a deceção que era ter uma filha impura, grávida pela segunda vez, uma inversão indesejada do que se esperava de uma rapariga de boas famílias. Era a sua honra que estava em causa, pensava, porque era pai de uma rapariga que não casaria virgem, uma espécie de facada na sua reputação impoluta. Na primeira fila, Irene e as filhas olhavam embevecidas para Lurdes, que cumpria o sonho antes das irmãs e que, apesar de tudo, estava num caminho que era feliz.

A cerimónia foi curta, monsenhor Alípio esquivou-se a sofrimentos e não se alongou na homilia, atalhando caminho sempre que possível. Esqueceu-se propositadamente de autorizar o beijo que selava aquele casamento e não se demorou além do necessário. Desejou aos noivos que fossem felizes, mas, por dentro, desejava apenas não ter de assistir de perto a essa felicidade.

Cá fora, apenas a mãe, as irmãs e Juliana aguardavam os noivos com um saquinho de arroz, em respeito por uma tradição cujos fundamentos desconheciam, mas que, achando que Lurdes já lidava com azar suficiente, resolveram respeitar.

Alinharam-se noivos e convidados nas escadas do adro da igreja para a fotografia da praxe. Eram apenas vinte e três pessoas, não foi difícil organizar toda a gente. Nos rostos, poucos sorrisos e alguma preocupação. Como se a alegria que era esperada num momento daqueles fosse o convidado que, à última hora, teve um imprevisto que o impediu de comparecer. Monsenhor Alípio, com a mão pousada no ombro de Lurdes, era talvez o epítome do desalento. Era quase como se lamentasse o casamento que celebrara, e isso era visível na imagem que se cristalizaria numa folha que acabaria por amarelecer com o tempo. Lurdes não deixou que o incómodo de ter aquela mão pesada assente no ombro trouxesse ao dia uma nuvem negra. Escolheu ignorar, tentando não dar espaço para questões. Duraria pouco, apenas o tempo de o flash disparar e a fotografia ser registada no rolo que se revelaria mais tarde. Não demorou muito a que o grupo se dispersasse e começasse a percorrer o caminho até ao salão da Junta de Freguesia, onde seria o copo-d'água. Irene e as filhas deixaram quase tudo pronto de véspera. De manhã bem cedo, antes de começarem a preparar-se para o casamento, tinham ultimado os preparativos. Assim que chegaram ao salão, trataram de colocar nas mesas o pão fresco e os queijos, uns quantos pratos com chouriço cortado às rodelas e algumas fatias de presunto, excentricidade apenas possível em dias de festa.

Lurdes e Joaquim aguardaram na rua para serem os últimos a entrar. O marido agarrou com ternura na mão da sua agora mulher e, apertando-a como que a garantir que ali estava segura, guiou-a pela escada em direção ao salão. Quando entraram, já os convidados estavam sentados a debicar as entradas, um burburinho de fundo no eco do salão quase vazio, e tantas perguntas por fazer. Monsenhor Alípio, sentado à cabeceira da mesa, mantinha um ar demasiado sério que não condizia com o suposto ambiente de festa. Irene, que desconhecia as razões do padre, abeirou-se dele e perguntou se estava tudo bem, se a comida era do seu agrado, se alguma coisa lhe faltava. O homem, como se incomodado no seu descanso divino, murmurou qualquer coisa praticamente inaudível e, abanando a mão, enxotou Irene da sua beira. A mulher, sem perceber a atitude, afastou-se. Passaria o resto do almoço a olhar para monsenhor Alípio pelo canto do olho, à procura dos motivos daquele gesto, mas, obviamente, não ficaria a saber mais do que sabia naquele momento.

A festa não durou muito. Por serem poucas pessoas, não houve baile — foi almoçar, partir o bolo de noiva e dar por encerrado o copo-d'água. Irene e as mulheres da família tratariam de recolher a louça e de lavar e secar tudo, deixando o salão limpo de quaisquer vestígios e pronto para a próxima ocasião em que fosse preciso. Lurdes, que mal tocara na comida, ia andando por ali, a tentar ajudar e a ser impedida pela mãe que, vendo o ar agoniado da filha, lhe ordenava que se sentasse, que ela e as outras mulheres tratariam de tudo sem a sua ajuda, aquilo era pouca coisa e despachava-se num instante. Lurdes acabou por ceder e sentou-se numa poltrona ao fundo do salão, as mãos pousadas na barriga e um misto de sensações a revirá-la por dentro. Tinha acertado as coisas: casara com o namorado, pai do seu segundo bebê, e estava agora fora da mira das más-línguas da aldeia. Monsenhor Alípio sabia-a fora de alcance e, a não ser que revelasse ser ainda pior do que ela julgava, não conseguiria atingi-la daqui em diante. Agora era tempo de recomeçar a vida, desta feita com Joaquim a seu lado. Haveriam de conseguir ser bons pais para aquele bebê que estava para nascer, haveriam de conseguir ter a sua casa dali a algum tempo e, no final, haveriam de ser uma família como todas as outras, talvez com um passado mais pesado para carregar nas costas, mas, ainda assim, chegariam ao fim da vida com uma história comum e pouco mais para deixar de herança.

Joaquim, que saíra do salão com os restantes homens, ficara na rua, a conversar e a acender cigarro atrás de cigarro, num nervosismo que nem ele sabia de onde vinha. Estava casado, garantira para si a mulher que lhe tomara de assalto o coração, tinha um filho a caminho e já pouco podia afetá-los. A única incerteza era a incerteza do universo: não sabia quando endireitariam a vida de maneira a poderem viver sozinhos, não sabia que caminhos haviam ainda de trilhar, mas sabia que tinha tomado a decisão certa e que tinha consigo tudo o que precisava para enfrentar os dias. Estava ansioso pelo nascimento do filho, mas quanto a isso não podia fazer nada, faltavam meses e seria uma espera longa. Prometera a Lurdes que não a abandonaria e que ela não teria de viver sozinha nenhuma das angústias que calculava que viesse a enfrentar — ele estava ali e a promessa que acabara de fazer no altar, na saúde e na doença, na alegria e na tristeza, na riqueza e na pobreza, era algo que tencionava honrar até que, um dia, um deles descesse à terra deixando cá em cima o outro, certamente amputado de uma parte que jazia naquele caixão que fosse então a enterrar.

24

Não foi por não ser a primeira vez que não teve medo. Pelo contrário, já conhecer aquele caminho de dor fez com que a angústia fosse ainda maior. Era como se, apesar de saber o que a esperava e que depois voltaria a ser a Lurdes de antes, tudo no processo a assustasse. Assim que lhe rebentaram as águas, o primeiro instinto foi procurar ajuda. Sentia que desta vez seria rápido e teve medo de não conseguir passar por tudo sozinha. Chamou a tia, que não demorou a perceber que aquela criança não tardaria a nascer. Joaquim chegou num instante, trazido por Eusébio, que correra a ir à sua procura assim que soube que estava na hora. Foi rápido: nem três horas passaram até que rompesse pela casa aquele choro inaugural, a vida a consumar-se e o mundo a abrir os braços a mais uma história que demoraria anos a construir-se. Uma menina — Luísa.

Joaquim, o rosto da inexperiência e da absoluta rendição, foi o colo onde Luísa primeiro se aninhou. Assim que Graça acabou de a limpar, depositou-a, embrulhada numa manta, no colo do pai, que a embalou enquanto se perdia naqueles olhos acabados de abrir. «O que será que te espera, filha? Isto não vai ser fácil, não sei o que hei de fazer contigo, e nem sei se alguma vez vou descobrir», disse-lhe baixinho, enquanto a cheirava e lhe decorava as feições. Lurdes, exausta, sorria perante a possibilidade de ver uma criança que tinha saído de dentro de si aninhada no colo do pai. Também para ela era uma experiência nova, apesar do que vivera com João. Agora tinha a certeza de que ia ser mãe em pleno: ninguém lhe tiraria a filha nem a impediria de vê-la crescer, de a educar, de viver ao seu lado tantos dias quantos Deus lhe desse.

Foi num ápice que a notícia do nascimento da menina correu pela aldeia. Graça telefonou à irmã, que garantiu que iria visitar a filha logo que pudesse libertar-se um pouco do trabalho do campo. Cumpriu. No fim de semana, acompanhada pelo marido, foi conhecer a neta. Desta vez foi diferente. Também ela sentiu que agora podia ser avó de fato. Não havia nada a esconder. Sim, Lurdes engravidara antes de casar, mas isso rapidamente ficaria para trás. Agora era preciso seguir em frente, a cabeça levantada e a vida toda por construir. Ainda assim, havia coisas a resolver. Irene queria fazer tudo como deve ser desta vez, e não ia permitir desvios.

— Quando é que batizam a menina?

— Não pensámos nisso ainda, mãe. Nem escolhemos padrinhos, sequer.

— Por favor, Lurdes. Têm de fazer isso rapidamente. Não queremos a aldeia a falar de nós mais uma vez. Vão falar com o padre e marquem o batizado.

— Assim que conseguir mexer-me melhor, vou falar com ele, mãe. Não se preocupe.

— Ou pede ao Joaquim que vá lá, para ser mais depressa.

— Não é preciso. Mais um dia ou dois e já estou em condições.

Não tinha pensado nisso. Mais uma vez, teria de recorrer ao padre, a pessoa de quem mais queria distância. A bem da filha e do futuro de todos, engoliria o orgulho e o medo e iria falar com ele. Combinariam um dia e fariam mais uma vez uma cerimónia simples, pais, padrinhos, avós e tios, e não ficariam em falta nem com a aldeia nem com Deus que, lá de cima, assistia a tudo isto passivamente, com certeza convicto de que todas as provações que colocava no caminho desta família mais não eram do que testes de resistência que era possível passar — talvez não sem mácula, mas isso é o que resta de tudo o que passamos, e é aí que aprendemos e nos consolidamos. E um dia tudo fará sentido, esperamos sempre que sim.

Entrou na sacristia carregando a filha no colo. A menina, adormecida, não emitia um som. Gertrudes, sempre prestativa e com a curiosidade a pontos de assassinar todos os gatos do mundo, dirigiu-se a ela para saber ao que ia.

— Preciso de falar com o monsenhor Alípio. Está cá?

— Não, filha. Foi ali a casa da dona Adelina, que lhe pediu para ir lá confessá-la. Coitada, como ela anda das pernas...

— Acha que ele demora muito?

— É capaz de não demorar. Já saiu há um bom bocado. Senta-te aqui e espera um bocadinho, pode ser que ele apareça.

O padre não tardou. Assim que entrou e viu Lurdes sentada, foi como se desse um passo atrás. No peito, o coração retumbou. Cumprimentou-a com um leve acenar de cabeça, pousou as coisas que tinha na mão e sentou-se. Só depois perguntou ao que ela ia.

— Queremos batizar a menina, monsenhor.

— Como assim, batizar a menina? Achas que ela está em condições de receber o santo batismo?

— É uma criança, senhor padre.

— Pois é. Uma criança que foi concebida em pecado, coisa em que tu pareces reincidir bastante.

— Aconteceu, mas...

— Tudo acontece, Lurdes. Tudo acontece. Mas isso não faz com que esteja certo — disse monsenhor Alípio, interrompendo-a. — Tens de começar a perceber que os teus atos têm consequências. Não vou batizar a tua filha coisa nenhuma.

— Ela não tem culpa de nada.

— Pois não tem, mas é assim a vida. Paciência. Foi concebida em pecado, não tem condições para receber um sacramento. É simples. Pensasses nisso antes, quando estavas lá deitada.

Um formigueiro de raiva foi subindo por Lurdes, que não sabia bem como poderia convencer o padre. Percebia o argumento dele, mas continuava a achar que, se alguém tinha de ser castigado, era ela, não a filha, que não era mais do que uma recém-nascida que ainda não tivera tempo para pecar.

— Havemos de batizá-la noutro lado, então.

— Atreve-te. Experimenta só. Quem é que tu pensas que és para me desafiar? Se te digo que a miúda não vai ser batizada é porque não vai. Fim de conversa. O que é que achas que tens a ganhar em fazer braço de ferro comigo? Esqueces-te de que quem manda sou eu?

— Castigue-me a mim, que fui quem pecou. Fui eu que não cheguei virgem ao casamento. Não foi culpa minha, mas aplique-me a mim o castigo. Não chego ao Céu, bem sei, mas a menina não tem culpa de nada. Só queremos endireitar tudo para que ela viva em paz. É pedir muito?

— Achas que com um batizado endireitas o que fizeste? Achas que isso basta para te penitenciares?

— O batismo não é para mim, é para ela. Eu posso cumprir as penitências todas que quiser. Ela não fez mal nenhum.

— Talvez. Mas como não te posso fazer pagar a ti, terá de ser ela.

— Como não pode? Claro que pode. Não torno a comungar, não me dê a extrema-unção quando chegar a minha hora. Casámos pela Igreja e agora está a usar a minha filha para me castigar a mim. Ela não tem culpa.

— Tens razão. Não tem, mas é assim que vai ser. Se era só isso que querias, podes ir. Nem sequer te confessaste como deve ser, ainda. Ainda não pediste a Deus perdão por teres sido corrompida, quando engravidaste do teu outro filho. Achas que Deus está feliz contigo? Achas que mereces algum tipo de misericórdia?

— Você sabe bem o que aconteceu, não precisa que eu lho diga. Para quê este massacre? Você estava lá, está farto de saber que não tive culpa de nada. É o mesmo que culpar pelo assalto a pessoa que é roubada.

— Se as pessoas protegessem as suas propriedades, se calhar não eram assaltadas tantas vezes. Percebes, Lurdes? Queres que eu acredite que não te puseste a jeito? Tu tens o Diabo no corpo. Ninguém resiste a uma rapariga bonita, já devias saber disso.

— Que culpa tenho eu?

— Não tens culpa, mas podes resguardar-te. Anda menos na rua. Protege-te. O que é que esperavas? Saíste sozinha, foste apanhada. Não sabias que era capaz de acontecer?

— Não, não sabia. Como é que queria que eu soubesse que ia ser violada? Como é que queria que eu soubesse que alguém naquela posição ia fazer uma coisa destas?

— Tu tens de esperar tudo de toda a gente. Não se pode confiar nas pessoas quando estão perante almas como tu. Como é que tu queres que alguém te resista? És bonita e tens esse ar de quem quer ser usada. Não estou a chamar-te nada, atenção. Estou só a dizer que compreendo o que te aconteceu. Talvez não como esperavas, mas compreendo.

— O que é que quer dizer com isso? Que, se me tivesse apanhado a jeito, me tinha feito o mesmo?

— Claro que não! Blasfémia! Sou padre, por amor de Deus. Fiz voto de castidade e isso é intocável. Não tenho sequer os apetites dos homens comuns — mentiu, não sabendo bem como poderia disfarçar o que afinal era óbvio.

— Eu não posso controlar o que as pessoas pensam quando me veem. Mas sei que não dei a ninguém autorização para me tocar. Não fui eu que quis aquilo, não tenho culpa nenhuma. Já me basta o fardo que tenho de carregar para sempre, o nojo que senti de mim mesma e a angústia por não ter o meu filho comigo, porque você mo roubou. É castigo que chegue por um pecado que nem sequer foi meu. Agora só quero endireitar o que é possível. A minha menina não tem culpa de nada. É minha filha e do meu marido, casámos pela Igreja, queremos educá-la em paz. Se até Jesus acolheu os renegados, quem é você para rejeitar batizá-la? Acha que isso faz de si um bom padre? Acha que Deus fica contente com a sua atitude? Não era suposto ser benevolente e perdoar, tal como Jesus perdoou?

— Não duvides da minha fé nem do trabalho que faço pela Igreja! Sabes lá tu do que falas!

— Padre, só quero que me batize a menina. Pense nisso. O que é que precisamos de fazer para que aceite batizá-la?

— Achas que é assim? Estás tão enganada... Já te dei a minha resposta. Essa criança não vai ser batizada.

— E se for o senhor o padrinho? Pode guiá-la e garantir que é bem-educada, que cumpre todos os preceitos — arrependeu-se imediatamente da proposta que acabara de apresentar. Dar este padrinho a Luísa era pô-la de livre vontade nas mãos do predador. Teria de reforçar a vigilância, caso ele cedesse. Sentia que acabara de ganhar um fardo pesado para carregar até ao fim dos seus dias, mas não queria que a filha fosse penalizada por coisas do seu próprio passado, e se este era o preço a pagar, então que fosse. Haveria de garantir que a proximidade entre a menina e o padre nunca chegava a pontos de levantar dúvidas. E mais logo se veria.

— Se eu for padrinho dela, tenho a certeza de que ela não tresmalha como tresmalhou a mãe, isso é garantido.

— Aí tem. Ela não merece ser castigada, merece um futuro decente e não merece pagar pelos pecados dos pais.

— Quem é a madrinha?

— Não escolhemos. Mas não há de haver problema com isso, certamente.

— A tua tia Graça. Uma mulher íntegra, que sabe comportar-se, apesar de ter acolhido uma sobrinha desgraçada.

— Pode ser. De certeza que ela aceita.

— Não quero festas. Faz-se um batizado simples e pronto. Nem vai ser no fim de uma missa. Não quero plateia para isto, que pouco mais é do que uma vergonha.

— Não precisamos de festas. Queremos só que estejam os avós, os tios e os padrinhos.

— E já é demasiada gente. Tragam cá a menina na terça-feira às quatro da tarde. E não me faças arrepender disto, Lurdes.

Chegada a casa, Lurdes entendeu por bem omitir o que não era relevante. Joaquim não precisava de saber tudo o que o padre lhe dissera, estava certa disso. Contou-lhe que o padrinho seria monsenhor Alípio, que se oferecera e fazia questão, coitado, era da maneira que a menina tinha um padrinho que havia de lhe garantir um futuro mais tranquilo — e duvidou seriamente das palavras que os seus lábios cuspiram, e teve medo pela filha que, se calha a herdar dela o tal espírito diabólico que ela não fazia ideia do que fosse, mas que o padre insistia em dizer que ela tinha, estava em risco de passar pelo mesmo que Lurdes passava já há demasiado tempo. Logo se veria. Não era hora de pensar nisso, haveria de educar a filha para saber defender-se e para contar tudo quanto achasse que não era suposto acontecer. Disse-lhe também que o padre sugerira que convidassem a tia Graça para madrinha de Luísa. Joaquim, que tinha uma irmã de quem era muito próximo, não achou bem.

— A tua tia já é idosa. Quanto tempo é que vai cá andar? E se nos acontece alguma coisa e precisamos de alguém que tome conta da menina?

— De certeza que as nossas irmãs nos ajudam, se precisarmos. Não precisam de ser madrinhas da menina para ajudarem. São tias e isso basta.

— Mas porque é que não podemos ser nós a escolher os padrinhos? Porque é que o padre tem de se meter em tudo?

— Não é isso. Sabes como ele é. Não ficou muito contente por batizar uma menina que foi feita antes de casarmos, não podia recusar os pedidos que ele me fez. E se ele não a batizasse? Isso era pior do que não sermos nós a escolher os padrinhos. E a minha tia tem-nos ajudado muito, tu sabes.

— Tudo bem, mas acho mal andarmos sempre a ceder aos caprichos dele, que não nos é nada nem tem nada que ver com a nossa vida. E quanto mais o deixamos fazer isso, mais ele se quer meter. Vais ver. Daqui a dias lembra-se de vir para cá bisbilhotar e dar palpites. Mas olha que eu não vou admitir isso, ficas já avisada. É a última vez que ele decide coisas sobre a nossa vida, Lurdes. Já chega.

Lurdes apertou-lhe ao de leve a mão, como que a dizer que entendia e acatava a ideia. Tinha esperança de que, depois de batizarem Luísa, a necessidade de convívio com o padre diminuísse consideravelmente. Esperava que o padre deixasse de se meter nas suas vidas e de procurar pretextos para estar próximo de si, mas também sabia que ele era um homem de recursos intermináveis, que não deixava que nada o impedisse de conseguir o que queria. Mantinha aquela ideia palerma de que o mundo girava ao seu redor e de que todos lhe deviam vassalagem, esquecendo-se de que, na verdade, todas as vidas seguiam o seu caminho sem precisar da sua interferência, e desconhecendo que o poder que achava que tinha sobre as pessoas não era mais do que uma ilusão alimentada às custas de não ter mais nada a que se agarrar.

Na terça-feira seguinte, a seguir ao almoço, dirigiram-se à igreja sem alarido. Seria uma cerimónia curta, apenas tempo suficiente para untar com óleo a testa de Luísa e para lhe deitar pela cabeça uma concha de água benta. Ainda assim, Lurdes já calculava que não ia conseguir livrar-se dos sermões do padre, que não perdia uma oportunidade para a fazer sentir-se culpada e para lhe dar a entender que estava sob o seu controlo. Andava há muito tempo a tentar encontrar forma de fazer frente àquele homem que parecia indestrutível.

Não houve roupas especiais nem nada que assinalasse a data. Apenas uma dúzia de pessoas a assistir a uma cerimónia simples. Graça ficara realmente feliz com o convite que a sobrinha lhe endereçara. Achava-se merecedora da honra, mas teve de perguntar se eles não preferiam antes uma madrinha mais nova, já que ela não chegaria certamente a ver os filhos que Luísa viesse a ter. Sossegaram-na: sabiam o que estavam a fazer, queriam que ela, que acolhera Lurdes na altura mais complicada da sua vida e que, agora que tinham casado, os acolhera a ambos e à bebê recém-nascida, fosse como uma segunda mãe para Luísa. E, quando Graça já não estivesse neste mundo,

Luísa tinha tios e tias que podiam valer-lhe. Mas, se Deus quisesse, nada disso seria preciso.

Maria Ana, a irmã de Joaquim, ficara sentida com a escolha e não tivera pejo nenhum em fazê-lo notar. Zangou-se com o irmão, berrou-lhe com todas as suas forças e lançou a Lurdes os olhos mais furiosos que a rapariga alguma vez vira. Levou aquilo de tal maneira a peito que recusou ir ao batizado da sobrinha e não seria tão cedo que tornaria a dirigir a palavra ao irmão ou à cunhada. Naquela família, as quezílias resolviam-se de uma de duas formas: ou à pancada, quando era entre homens, ou cortando relações, se estavam envolvidas mulheres. Joaquim ficou realmente triste com a situação e não se poupou a mais um rol de comentários acerca da interferência que monsenhor Alípio insistia em ter na vida das pessoas. «Por culpa desse diabo», disse a Lurdes, «perdi a única irmã que tenho». De nada serviu que Lurdes tentasse falar com a cunhada. Queria explicar-lhe que tinham uma dívida de gratidão para com Graça e que certamente teriam mais filhos e ela haveria de ser madrinha de algum deles. Maria Ana não quis sequer ouvi-la. Virou-lhe as costas com violência e passou muito tempo até que voltasse a encará-la.

Monsenhor Alípio fez-se esperar. Quando chegou, não cumprimentou as pessoas. Começou de imediato a cerimónia, atalhando caminho sempre que possível. Quando acabou os preceitos do batismo, resolveu encetar mais um dos seus discursos inflamados. Desta vez, olhando Lurdes diretamente nos olhos, disse que esperava que ela fosse pelo menos uma mãe razoável, que protegesse a filha de mãos indesejadas e lhe ensinasse a resguardar-se e a ser discreta, mas estava certo de que isso seria quase impossível, visto que ela, Lurdes, tinha sido incapaz de o ser durante toda a vida. Disse que lhe cabia a ele, enquanto padrinho, a tarefa de manter a afilhada longe dos olhares e das tentações do mal, e garantiu que a guardaria debaixo da sua asa enquanto Deus lhe permitisse viver. Quanto mais falava, mais medo Lurdes tinha. Já se arrependera mil vezes daquela ideia e sentia descer sobre si uma culpa imensa: pusera a filha em perigo e não sabia como seria possível protegê-la. Em vez de evitar que ela pudesse ter de enfrentar as mesmas coisas que lhe calharam em sorte desde que se cruzara com o padre, dera ao homem a desculpa ideal para fazer o que bem entendesse. Ninguém haveria de desconfiar das intenções dele, porque muito pouca gente (se é que alguém) sabia o que ele realmente era e aquilo de que era capaz.

Nos olhos de todos os que estavam presentes instalou-se uma centelha de dúvida. Acharam aquilo demasiado ríspido, tendo em conta a ocasião, e, na verdade, não entenderam que alguém pudesse falar assim de Lurdes, a quem conheciam como uma rapariga sossegada, que só queria viver em paz com a família que estava a construir e que nunca, até agora, tinha dado problemas a ninguém. Obviamente, nem todos sabiam da história completa e, mesmo que soubessem, provavelmente achariam aquele discurso descabido. Para Lurdes, era só mais um contratempo com que estava a habituar-se a lidar.

25

Enquanto Luísa foi bebê, monsenhor Alípio pouco se interessou por ela. Mantinha a atenção na mãe disfarçada de preocupação pela afilhada. Aparecia em casa deles sem avisar, com a desculpa de que queria saber como andava a menina. Mal olhava para a pequena, mas não desviava os olhos de Lurdes, indiferente a quem pudesse estar por perto. Era algo que nunca conseguira controlar — parecia que havia entre eles um ímã que o sugava para junto dela, onde quer que ela estivesse; numa sala cheia de gente, seria sobre ela que os seus olhos cairiam em primeiro lugar.

Lurdes evitava tanto quanto possível a proximidade com aquele homem. Nada no tempo que tinha passado lhe dizia que podia confiar nele. Ainda assim, houve um dia em que, aproveitando a visita dele e o fato de estar em casa sozinha com Luísa, decidiu tentar a sua sorte.

— Padre, como é que está o meu filho?

— Quem?

— O João, padre. Como é que ele está?

— Ora, como é que há de estar? Está ótimo.

— Já tem três anos...

— Pois tem, e está crescido para a idade. Não te preocupes. Ele está bem.

— Quero-o de volta, padre. Já tenho uma família e estamos capazes de cuidar dele.

— Esquece isso. Ele está bem onde está. Para que é que queres tirá-lo de quem lhe deu tudo desde que ele nasceu?

— Porque ele é meu filho, não é filho da sua irmã. O lugar dele é conosco, com a mãe, com a irmã. É aqui que ele tem de estar.

— Vocês mal têm para vocês, como é que vão fazer para alimentar mais uma boca? Deixa-te de ideias.

— Isso não é verdade. O Joaquim tem sempre trabalho. Por agora estamos aqui, com os meus tios, mas um dia havemos de ter a nossa casa. E eu hei de começar a trabalhar assim que puder deixar a Luísa com a minha tia. Temos tudo aquilo que é preciso para criar um filho. E eu quero o meu menino.

— Lurdes, vê se entendes isto: o menino vai ficar onde está. Deixaste-o ir, agora é assim. Ele está bem, vai crescer numa casa cheia de amor, tem tudo o que lhe faz falta. Queres estragar o futuro dele porquê?

— Deixei-o ir? Como se atreve? Eu não o deixei ir coisa nenhuma! Você tirou-o de mim, roubou-mo.

— Cuidado com as acusações que fazes...

— Que acusações? É a verdade! Eu não queria que o meu bebê tivesse ido viver para longe de mim. Você é que o quis levar! Achou que isso faria a sua irmã feliz, preocupou-se com tudo menos com ele e comigo.

— Ele não precisa de ti para nada. Criou-se bem sem a mãe verdadeira. Tem uma mãe que lhe dá tudo o que lhe faz falta e que tem a cabeça no lugar, ao contrário de ti, como já se viu.

— Eu não tenho a cabeça no lugar? Eu fui a única pessoa que quis fazer o que era certo, apesar de tudo. Engravidei sem querer, tive o bebê e quis cuidar dele, ser responsável por ele, apesar de saber que me ia recordar da maneira como ele foi feito todos os dias da minha vida. Só tinha catorze anos e mesmo assim quis ser mãe, quis tratar dele. E vocês roubaram-no de mim.

— Lurdes, isto é escusado. Quando o deixaste ir, deixaste de ser mãe dele. Perdeste o direito a ele. Percebes isso?

— Não, não percebo. Fui eu que o carreguei na barriga, foi de mim que ele nasceu. Um roubo não torna o que se roubou posse de outra pessoa. Ele é meu, não é da sua irmã. E eu quero-o de volta. E digo-lhe mais: ou mo devolve a bem ou vou fazer queixa.

— Ai vais? E dizes o quê? Os teus pais autorizaram que ele fosse criado pela minha irmã. E ninguém te mentiu: sempre soubeste com quem ele está, sempre que perguntaste por ele respondi-te.

— Mas não mo devolve. E não me deixa vê-lo. Ele sabe que tem uma mãe que está longe dele?

— Claro que sabe. Sabe que tem uma mãe que não podia cuidar dele e que, por isso, agora tem outra mãe. Mas ele nem quatro anos tem, por Deus! Queres que entenda as coisas como nós? Há de entender, conforme for crescendo. Por enquanto, sabe que agora a sua mãe é a minha irmã. É ela que cuida dele e é ela que ele reconhece como mãe. Devias estar grata por isto.

— Devia?

— Claro! Tens quem crie o teu filho sem te exigir nada. Como é que teria sido quando ele estivesse doente? E como seria agora, que já tens outra criança para criar? Como é que podes achar que tens capacidade para cuidar de duas crianças?

— Estou quase a fazer dezoito anos, padre. Tem até esse dia para me devolver o meu filho. Nem mais uma hora. Se não o tiver de volta no dia 18 de julho, faço queixa de si, conto tudo à Polícia. Se não for a bem, é a mal.

— Quem é que tu pensas que és para me ameaçares, rapariga? Estás a meter-te com a pessoa errada. Achei que já tinhas tido tempo para perceber isso.

— Não quero saber, padre. Não tenho nada a perder. Se tiver de contar a verdade a toda a gente, conto. Já não tenho medo do que possam dizer. Quero o meu filho de volta, é isso que me importa.

— Estás a meter-te por caminhos apertados...

— Paciência. Já lhe disse o que tinha a dizer. Agora, se não se importa, preciso de ir cuidar da minha filha, que está quase na hora de ela comer. Passe bem, padre — terminou Lurdes, encaminhando o homem para a porta. Ele, incrédulo, limitou-se a sair sem olhar para trás.

Tinha um problema para resolver. Não queria trazer o menino de volta, seria o maior desgosto da vida da irmã, mas não era isso que o preocupava: devolvê-lo a Lurdes seria assumir que estava errado. E ele era o tipo de homem que, fizesse o que fizesse, estava sempre certo; não admitia falhas a ninguém, muito menos a si mesmo. Não saberia viver com o falhanço de ter tomado uma decisão incorreta; preferia enfrentar a justiça, se tivesse de ser. Mas havia de garantir que Lurdes não levava adiante a ameaça que lhe fizera. Não seria esta miúda a conseguir pô-lo em xeque, depois de tantos terem tentado e de ter sempre conseguido livrar-se de trabalhos.

Assim que fechou a porta atrás do padre, Lurdes tomou consciência do que acabara de fazer. Não havia regresso para o caminho que abrira à sua frente. Acontecesse o que acontecesse, não podia voltar com a sua palavra atrás. Isso significava contar a verdade e trazer a lume uma história que tanto a aldeia onde agora vivia como o lugarejo de onde viera teriam vontade de esquecer. Teria de preparar-se para os julgamentos, para as dúvidas, para que não acreditassem em si e para que encontrassem falhas em toda a sua história, falhas essas que provariam que estava a mentir — mesmo não estando. E ela, sem ter o filho por perto, não teria como mostrar a todos se era ou não verdade o que afirmava. Na verdade, nem ela sabia se bastaria olhar para a criança para se perceber quem era o pai. Afinal de contas, não via o menino há mais de três anos e não fazia ideia de como seriam as feições dele: seria parecido consigo ou com o pai? Por um lado, esperava que João fosse uma cópia descarada de si; por outro, talvez fosse melhor para todos que fosse igual ao pai. Não podia contar com nada disto caso tivesse mesmo de fazer queixa de monsenhor Alípio. A sua esperança era que, caso a situação chegasse tão longe, quando recuperasse o filho não restassem dúvidas sobre o que estava a contar e não houvesse mais espaço para que a sua palavra fosse posta em causa. Não faltava muito para que fizesse dezoito anos. Teria de preparar terreno para a guerra que estava a ponto de estalar. Teria de falar com os pais; teria de explicar aos tios o que estava prestes a fazer — e teria de aguentar com as consequências, fossem quais fossem.

Deu por si a pensar que, tendo em conta a sua idade, tinha uma força quase inesgotável. Chorara muitas noites com saudades do filho, arrependida de não ter fugido com ele, de não ter conseguido protegê-lo até às últimas instâncias. Sabia que ninguém lhe dera ouvidos quando dissera que queria criá-lo; sabia que tinham sido os pais e o padre a decidir aquelas duas vidas; sabia que não podia ser acusada de nada a não ser de não ter morrido antes de lhe tirarem o filho. Sabia também que, aos olhos do mundo, na altura em que tudo aconteceu, não passava de uma criança, e não havia muito que pudesse dizer para impedir as decisões dos adultos. Ninguém quis saber das suas vontades. O que importou foram as opiniões dos outros, o que pudessem dizer, a maneira como olhariam para ela, mãe aos catorze anos. Nada disto importava agora. Continuava a não ser muito mais do que uma criança, no entanto, era esposa, era mãe e aguentava nos braços uma série de vidas. Provara que era capaz de cuidar de si, da filha, do marido, e teria sido capaz de cuidar de João. Cada vez que pensava nisto, não conseguia impedir-se de sentir uma mágoa profunda em relação à mãe. Irene tinha sete filhos, sabia como se vestia aquele amor pelas crias e, mesmo assim, permitira que lhe roubassem aquele bebê. Agarrava-se à ideia de que a mãe apenas tentara fazer o que achara melhor, mas tinha muita dificuldade em aceitar que tivesse sido capaz de tal violência. Não conseguia entender que a mulher que descartara o neto sem pensar muito no que a jovem mãe estava a sentir fosse a mesma que agora acarinhava a neta. Tentava pôr-se na posição dela e não conseguia imaginar-se capaz de fazer o mesmo. No seu lugar, ter-se-ia transformado num bicho muito mau para defender os seus. No seu lugar, teria feito o que fosse preciso para impedir que alguém levasse para longe uma criança que era sangue do seu sangue. Não sabia se algum dia conseguiria perdoar a mãe, nem sabia se algum dia esqueceria toda a mágoa que sentia e que cada vez lhe parecia mais profunda.

Não ouviu as pancadas à primeira. Foi abrir a porta com Luísa adormecida agarrada ao seu peito enquanto mamava, e não se importou com isso. Abriu a porta a Juliana, que por pouco não se cruzou com o padre. Olhou a bebê por uns instantes, fez as perguntas do costume e viu nos olhos de Lurdes a felicidade de ter a filha agarrada a si. Ainda assim, achou que a amiga não estava bem, e quase conseguia garantir que isso não se devia a nenhuma dificuldade que estivesse a sentir em relação à filha.

— Queres contar o que se passa contigo? Aconteceu alguma coisa?

— Não. Está tudo bem... — Lurdes tentou disfarçar, consciente de que estava a falhar redondamente.

— Já te conheço, Lurdes. Consigo ver perfeitamente que não estás bem. Conta-me, sabes que podes contar o que quer que seja. É a menina?

— Não, a menina está bem. É isto que vês: mamar e dormir, não dá trabalho nenhum. Bom, há as fraldas que não se lavam sozinhas, mas tirando isso tem sido fácil.

— Então? É o Joaquim?

— Não, coitado. Tem sido um pai às direitas, faz tudo o que lhe peço, é capaz de ficar horas a olhar para a filha. Anda cansado do trabalho e ela às vezes acorda de noite e ele acaba por descansar menos. Mas faz o que pode.

— Então o que é? Tu não estás bem, alguma coisa há de ter acontecido.

— O padre continua a dizer que não me devolve o meu menino. Passaram três anos e tal e ele continua a achar que não sou capaz de cuidar dele.

— Falaste com ele?

— Saiu daqui há bocado.

— Que veio ele cá fazer? Não gosto nada de saber que ele anda de roda de ti, Lurdes — disse Juliana, sem disfarçar a preocupação.

— Veio ver a afilhada.

— Afilhada? Como assim?

— Ele é o padrinho da menina.

— Mas que raio… Como é que é possível? Porque é que foste fazer uma coisa dessas?

— Ele não queria batizar a menina. A única maneira de o convencer foi deixando que fosse ele o padrinho.

— Tens noção do perigo que isso é para a menina?

— Tenho, Juliana. Claro que tenho. Mas ela tinha de ser batizada, não tive outra escolha.

— E ele anda sempre aqui metido?

— Não. Aparece de vez em quando. Hoje, por azar, estávamos as duas sozinhas em casa.

— E falaste-lhe do João?

— Falei. Disse que o quero de volta.

— E ele?

— Diz que não. Que não faz sentido tirar o menino da pessoa que o está a criar. Diz que ele está bem, que é um menino saudável, que tem tudo o que lhe faz falta. Mas não tem a mãe, e eu quero tratar dele como trato da Luísa.

— Tu sabes onde é que o menino está?

— Sei que está com a irmã dele para os lados de Viseu, mas não sei exatamente onde.

— Não temos como conseguir encontrá-lo sem o padre saber?

— Vamos fazer o quê? Bater a todas as portas de Viseu e arredores? Se o padre não me disser para onde mandou o meu menino, não tenho como saber dele.

— Podemos tentar. O padre há de ter apontado o número da irmã algures... podemos tentar encontrar alguma coisa... — sugeriu Juliana.

— Ó Juliana, por amor de Deus! Vamos encontrar isso como? Não estás a sugerir que entremos às escondidas na sacristia, pois não?

— O que é que temos a perder? Vamos lá, se encontrarmos alguma coisa, tens o teu menino de volta. Se não encontrarmos, paciência. Pelo menos tentámos.

— E se formos apanhadas? Já imaginaste a vergonha? Como é que explicamos uma invasão à sacristia?

— Não vamos ser apanhadas. Temos de arranjar uma hora em que nem ele nem a dona Gertrudes lá estejam. Não há de ser assim tão complicado.

— É perigoso. Se formos apanhadas, não temos como explicar nada disto. E eu não quero ter de contar a verdade a toda a gente, Juliana. É melhor não fazermos nada. Além disso, eu disse-lhe que ele tem até ao meu dia de anos para me devolver o menino. Se não mo trouxer, faço queixa dele. E aí, sim, toda a gente fica a saber a história.

Juliana não estava convencida e tinha a certeza de que, mesmo sem Lurdes, poderia tentar encontrar alguma coisa sobre o menino.

— Está bem, então. Tu é que sabes. Mas, se mudares de ideia, eu ajudo-te — disse Juliana, enquanto decidia que haveria de perceber a maneira de entrar na sacristia sem ser vista.

26

Estava certa de que não tinha sido vista a entrar. O tempo devia ser pouco, por isso tinha de o fazer render. Começou por abrir as gavetas da secretária de monsenhor Alípio. Estranhou que não estivessem trancadas — afinal de contas, era o tipo de homem que tinha muito a esconder. As quatro gavetas, pesadas e tortas, mexeram-se com dificuldade e muito barulho. Começou pela de baixo, onde encontrou apenas material de escritório: um furador, esferográficas avulsas, dois cadernos de capa preta, um pacote de elásticos, uma caixinha de clipes. Na gaveta seguinte estavam os livros de contas da igreja. Abriu o primeiro e, não estranhando nada do que lá estava, devolveu-o ao seu lugar e tornou a fechar a gaveta. A terceira custou mais a abrir pelo peso que continha. Estava cheia de papéis, alguns agrupados com elásticos e clipes e outros soltos, como se atirados para ali sem grande cuidado. Vasculhou por entre os papéis e acabou por encontrar uma agenda velha, bastante rasurada. Tinha nomes, endereços e números de telefone sem qualquer organização, escritos a esmo. Havia algumas páginas livres no final, o que levou Juliana a pensar que aquilo era mais um bloco de notas do que propriamente uma agenda telefónica.

Demorou-se no achado. Leu os nomes um por um e deu por si com uma dúvida que poderia deitar tudo a perder: como raio seria capaz de identificar o contato da irmã do padre se não sabia nem o nome dela nem o indicativo telefônico de Viseu? Mas Juliana era uma rapariga expedita e veio-lhe à ideia que poderia encontrar a resposta a uma das duas questões numa lista telefônica — certamente haveria uma por ali. Estava precisamente por baixo do telefone verde-azeitona, colocado em cima de uma pequena mesa de apoio junto à janela. Sentou-se na poltrona que estava ao lado, abriu o calhamaço e procurou. Quando regressou à agenda, percebeu que havia vários números precedidos do indicativo 032. Teria de fazer várias tentativas e, mesmo assim, nada lhe garantia que conseguisse. Não podia correr o risco de ser apanhada neste processo, por isso decidiu copiar para uma folha os números que lhe interessavam. Depois pensaria no que diria quando fizesse os telefonemas — um problema de cada vez, caso contrário, a probabilidade de tudo falhar aumentava significativamente. Voltou a abrir a gaveta de baixo e tirou as folhas centrais de um dos cadernos de capa preta, tendo cuidado para não levantar os grampos que prendiam o papel. Copiou rapidamente os nomes e números que queria, garantindo apenas que nenhum dos algarismos levantaria dúvidas quando tornasse a lê-los. Devolveu a agenda à gaveta, assegurando-se de que deixava tudo tal como encontrara — talvez o padre não fosse um daqueles homens adeptos da desorganização organizada, capazes de detetar alterações numa coisa aparentemente caótica. Enfiou atabalhoadamente o papel no bolso da saia e rodou nos calcanhares em direção à porta.

Anoitecera entretanto. Monsenhor Alípio só voltou a entrar na sacristia depois de esfregar com violência as solas das botas no capacho. Quando deu por concluída a tarefa, sacudiu o tapete, tentando não fazer demasiado barulho, e entrou fechando a porta atrás de si. Passou os minutos seguintes a tentar perceber se as buscas de Juliana haviam deixado rasto. Não havia nada que saltasse à vista além da lista telefónica torta e ele era o tipo de pessoa que gostava de ter tudo alinhado, por isso ajeitou-a, sabia exatamente o que quisera encontrar. Abriu as gavetas uma a uma e, apesar de saber que Juliana tinha vasculhado por ali, não achou necessário reordenar nada. No dia seguinte haveria de se desfazer daquele papel dobrado sem cuidado e não restaria mais nada da pesquisa da rapariga.

Precisava de tomar um banho e hoje permitir-se-ia mais do que a austeridade habitual, que o impedia de usar água quente e de estar mais do que cinco minutos na banheira. Deixou que a água quente lhe descesse pelas costas e foi rezando em surdina, até perder o fio às orações e voltar a fazer os caminhos que percorrera no final da tarde. Lá fora chovia e a água batia com força na janela, mas nem isso lhe apaziguava o pensamento. Dali em diante, o tempo era uma incógnita. Haveria perguntas, suspeitas, teorias. A verdade seria suficientemente maleável para que várias coisas completamente diferentes fossem aceites como certas. Ninguém saberia exatamente o que acontecera, nem como, nem porquê. Principalmente, ninguém saberia quem fora o ator principal de tudo o que se passara. Os boatos seriam carros de alta cilindrada, velozes e poluentes, que deixariam um rasto de poeira por onde passassem. Não seria possível controlar muito dali em diante.

Teria apenas de escolher a sua versão dos acontecimentos e de a defender até à morte. O fato de sempre ter sido visto como uma figura de autoridade a quem não era aceitável desafiar haveria de jogar a seu favor. Seria a palavra dele contra a de uma rapariguinha que ainda há bem pouco tempo andava debaixo das saias da mãe.

O dia seguinte amanheceu com a notícia de que Juliana não regressara a casa na noite anterior. A mãe, preocupada com a atitude inesperada da filha, começara a procurá-la nos sítios que lhe pareceram mais óbvios. A casa de Lurdes foi um dos primeiros. A rapariga acordou sobressaltada pela violência com que batiam na porta. Luísa irrompeu num choro assustado, resultado de um barulho que nunca ouvira, e só acalmou quando a mãe, ainda estremunhada, lhe pegou ao colo. Abriu a porta tão depressa quanto conseguiu. Não esperava ver Cidália, a mãe de Juliana, a uma hora tão madrugadora.

— Lurdes, sabes da Juliana?

— Ela esteve cá ontem, veio ver a bebê. Aconteceu alguma coisa?

— Não sei. Ela ontem não voltou para casa. Saiu depois de almoço e não a tornei a ver. Não sabes onde é que poderá estar?

— Ela não me disse nada.

— Pensei que pudesse ter ficado aqui para te ajudar com a menina ou assim...

— Não, a Luísa tem estado muito calminha, não tem sido preciso nada. Será que lhe aconteceu alguma coisa?

— Tenho de ver se a encontro. Se ela aparecer aqui, diz-lhe para ir imediatamente para casa. E se entretanto souberes de alguma coisa avisa-me, por favor.

Lurdes não demorou muito a perceber quem poderia saber de Juliana. Agasalhou a filha e saiu com ela em direção à igreja. Gertrudes ainda não tinha chegado, por isso não teve quem a impedisse de entrar de rompante, à procura de monsenhor Alípio. Foi dar com ele sentado à secretária, a escrever qualquer coisa num papel, a mão a segurar a cabeça e nos olhos ainda vestígios de uma noite certamente mais curta do que seria necessário para lhe devolver todas as forças.

— Onde é que ela está? — Lurdes nem se preocupou em cumprimentar o padre.

— Ela, quem?

— A Juliana.

— Não sei. Devia saber?

— Ela veio ter consigo aqui, não veio?

— Veio.

— O que é que lhe fez?

— O que é que eu lhe fiz? Não lhe fiz nada. Ouvi-a, ora.

— Ouviu-a?

— Sim. Veio confessar-se.

— Não acredito.

— Podes acreditar. Eu também duvidei, a princípio, mas ela quis mesmo confessar-se.

— O que é que ela lhe disse?

— Ó Lurdes, eu sei que tu não és muito dada às coisas da Igreja, mas até tu sabes que o que se diz em confissão é secreto e não pode ser divulgado.

— Ela disse-lhe para onde ia?

— Disse. E não te posso dizer porque não vou quebrar o segredo da confissão. Mas não te preocupes que ela está bem. Bem melhor do que estava, aliás.

— Ela não estava mal.

— Sabes lá tu. Vocês, jovens, acham que sabem muito da vida uns dos outros, mas não sabem nada. E tu tens estado de tal maneira entretida com essa criança que nem te apercebeste do que a tua amiga estava a passar.

Agora Lurdes estava intrigada. Pensando bem, de facto sentira Juliana mais distante nos últimos tempos. Talvez tivesse algum problema que não queria contar, para não a preocupar agora que tinha uma preocupação maior à qual era preciso dar atenção constantemente. Mas era estranho que, sabendo o que a amiga passara às mãos do padre, Juliana o escolhesse precisamente a ele para se confessar. Talvez Juliana tivesse algo a pesar-lhe na consciência e, sem mais a quem recorrer, tivesse acabado a dividir esse peso com monsenhor Alípio. Deu por si a sentir-se culpada. Talvez por estar tão concentrada em cuidar da filha e em tudo o que estava para trás, não tivesse sido a amiga que Juliana merecia. Talvez não tivesse conseguido ver que a amiga precisava de si.

— Ela foi-se embora?

— Foi. Mas não te preocupes que ela está bem. Só não quer ser encontrada. Acha que isto é tudo demasiado pequeno para ela e quer começar uma vida noutro lugar. Vai trabalhar e fazer a vida dela longe daqui, só isso.

— Ela não disse a ninguém?

— Pelo que percebi, não. Confessou o que tinha para confessar e disse-me o que ia fazer só para o caso de alguém querer ir à procura dela. Qualquer dia ela volta cá. Agora é dar-lhe espaço para ela se endireitar.

— Ela não deixou uma morada?

— Não. E mesmo que tivesse deixado, eu não te ia dar. Ela foi muito clara: quis ir embora sozinha, não quis que fossem atrás dela. E tu, se fores mesmo amiga dela, respeitas o que ela pediu e esperas que ela volte um dia destes.

A explicação de monsenhor Alípio não fazia sentido. Lurdes conhecia a amiga e sabia da antipatia que ela tinha pelo padre. Era estranho que o tivesse escolhido para guardador do seu segredo. Podia ter ido ter com Lurdes, podia ter-lhe explicado o que ia fazer e ter-lhe contado o que quer que fosse que a atormentasse. Em vez disso, preferira contar tudo em confissão. Talvez houvesse alguma coisa realmente grave e Juliana precisasse de garantir que isso não viria a ser descoberto — e sabendo o tipo de homem que o padre era, tinha a certeza de que ele nunca quebraria o segredo da confissão, a não ser que isso o beneficiasse. Não devia ser esse o caso, portanto.

Sem saber exatamente como explicar o que acabara de acontecer, Lurdes foi à procura de Cidália. Não eram as melhores notícias do mundo, mas pelo menos conseguiria tranquilizá-la um pouco. Demorou algum tempo a encontrá-la e não soube como começar a contar-lhe o que descobrira. Seria sempre um choque; afinal, Juliana escolhera ir-se embora sem deixar rasto e tinha a sensação de que não veria a amiga tão cedo.

— É impossível ela ter-se ido embora assim, Lurdes. Ela estava bem, não aconteceu nada nos últimos tempos. Não percebo...

— Eu também não dei por nada, dona Cidália, mas tenho andado entretida com a menina e talvez não tenha dado a devida atenção.

— Ela não se ia embora assim. Vai para onde? Vai viver de quê? Não dei pela falta de nada lá em casa, ela saiu sem levar roupa, sem levar dinheiro, sem nada?

— Eu percebo... mas será que lhe aconteceu alguma coisa de que ninguém se apercebeu e ela sentiu necessidade de fugir?

— Eu sei lá... Ela é calada, tu conhece-la. Mas nunca me apercebi de nenhuma mudança nela. Ela nunca fez nada parecido com isto.

— O que é que acha que devemos fazer agora?

— Não sei. Vou falar com o padre, pode ser que ele me diga mais alguma coisa, visto que sou mãe dela. Depois logo vejo. Eu digo-te quando souber. E se ela aparecer ou se souberes alguma coisa, por favor, diz-me.

Lurdes regressou a casa com a impressão de que havia ali qualquer coisa que não estava bem contada. Não sabia exatamente como deslindar a história; não tinha como contactar Juliana, e não podia fazer muito, a não ser esperar que a amiga mudasse de ideias e regressasse a casa.

27

Monsenhor Alípio já contava com a visita de Cidália. Estranho seria se a mulher não fosse à procura da filha junto da última pessoa que tivera notícias dela. Repetiu exatamente o que tinha dito a Lurdes. Era importante que a história não mudasse e, quanto menos pormenores acrescentasse, menor era a probabilidade de meter os pés pelas mãos no futuro. Quanto mais simples fosse o relato, menos riscos corria de contradizer o que tivesse dito antes — era nestas alturas que dava graças a Deus por ser um homem em quem a razão teria sempre mais peso do que a emoção.

Estava preparado para o interrogatório cerrado. Não se mostrou incomodado nem aborrecido com a rajada de perguntas que Cidália disparou na sua direção. Não lhe disse nada que ela ainda não soubesse. Teve apenas o cuidado de relatar os fatos como se tivessem acontecido cedo, de maneira a não levantar suspeitas, caso alguém se lembrasse de investigar a história mais a fundo. Era importante garantir que aquele quebra-cabeças parecesse verosímil e que não deixasse margem para dúvidas. Deu por si a pensar que era bom que não acreditasse assim tanto no Céu ou na ressurreição. Isso fazia com que a ideia de Inferno fosse igualmente fantasiosa, pelo que talvez estivesse fora de perigo. Estava quase certo de que, no dia em que fechasse os olhos, a sua existência terminaria ali. Era por isso que não dava demasiada importância a coisas que, para quem temesse o Juízo Final, talvez fossem de uma gravidade incomportável. Para ele, o que contava era o que vivia no plano terrestre. Tudo o resto eram apenas ideias que não havia forma de comprovar, e tinha perfeita noção de que isto fazia dele o padre menos católico que conhecia, mas há muito que deixara de acreditar numa vocação que não tinha — era padre como podia ser médico ou serralheiro: por mero acaso.

Cidália saiu da igreja com a angústia de uma mãe que acaba de perder uma filha. Não sabia quando voltaria a vê-la e esta incerteza doía-lhe mais do que qualquer coisa. Lamentava que a filha não tivesse sentido que podia conversar com ela. Tinha falhado redondamente como mãe: o seu papel era guiar a filha, encaminhá-la e apoiá-la. O fato de Juliana se ter ido embora sem levar nada e sem dizer nada a ninguém provava que a sua maternidade era uma rede cheia de buracos e falhas, incapaz de assegurar à filha a base que certamente lhe tinha feito falta.

Voltou a casa de Graça, onde Lurdes andava a fazer a lida. Luísa estava a dormir e poderiam falar sem sobressaltos. Contou-lhe a conversa que tivera com o padre, não havia novidades. Restava decidir o que fazer: procurar Juliana com a ajuda da Guarda ou esperar que ela decidisse regressar. Cidália conhecia a filha e sabia que ela era uma rapariga demasiado inteligente para aquela aldeia. Se quisesse esconder-se, não havia no mundo quem fosse capaz de encontrá-la. Na verdade, tinha medo de que, caso conseguisse encontrar a filha, ela se zangasse por não ter respeitado a sua vontade e a perdesse de vez. Preferia esperar que Juliana voltasse por sua iniciativa. Era altura de deixar a filha seguir o seu caminho, por muito que isso lhe doesse.

Nos dias que se seguiram, Lurdes continuou a sentir que havia ali qualquer coisa que não estava a ser dita, e que teria de ir mais uma vez à procura das respostas que lhe faltavam. Não sabia por onde começar. Não fazia ideia de onde poderia estar Juliana. Nunca lhe falara de nenhum sítio onde quisesse viver, nunca lhe contara nada acerca de sonhos e projetos para a sua vida. Teria de ir de novo falar com o padre e, talvez se cedesse num dos pontos em que antes fincara pé, ele lhe dissesse algo mais.

Quando entrou na sacristia, não reconheceu de imediato o homem que estava de costas para a porta. Viu no rosto do padre uma nota de preocupação que não conseguiu justificar. Percebeu depois que era Januário, o dono da mercearia da aldeia, quem estava com o padre. Pareciam ambos consternados. Pararam de falar quando deram pela presença de Lurdes, que pediu desculpas e fez tenção de ir embora.

— Espera, Lurdes — pediu monsenhor Alípio. — Anda cá. Lurdes aproximou-se e esperou.

— Já se sabe onde está a Juliana — disse o padre, num tom de voz tão calmo que não parecia dele.

— Já? Ela mandou notícias?

— Não... — respondeu o padre, quase num sussurro.

— Então?

— Eu encontrei-a — interrompeu Januário, as mãos transpiradas agarradas com força à boina que lhe tapava a careca quando andava na rua.

— Encontrou-a? Não estou a perceber...

— Há bocado fui sachar umas ervas no meu terreno ao pé da Fonte dos Pulos. Andava quase na ponta do terreno quando vi aquilo... — Januário não sabia exatamente como contar a Lurdes que aquilo era o corpo rígido, já parcialmente comido por bichos, da sua amiga.

— Aquilo o quê, senhor Januário? O que é que o senhor viu?

— Encontrei a Juliana, Lurdes. Estava de borco, mas assim que a virei, vi que era ela.

— O que é que você está a dizer...? — perguntou Lurdes, com a voz trêmula já a fugir-lhe.

— A Juliana está morta, Lurdes — explicou monsenhor Alípio, pondo ao de leve a mão no ombro da rapariga, já a antecipar o arrepio que lhe percorreria a espinha de imediato.

— Mas como é que ela morreu? E porque é que estava na horta do senhor Januário? Ela não se tinha ido embora?

— Não sabemos, Lurdes. O senhor Januário veio aqui direito porque não sabia bem o que fazer. Vamos agora ao posto da Guarda ver se vai lá alguém ver o corpo. E temos de falar com os pais dela, coitados. Vens conosco, está bem? — perguntou o padre, que queria evitar ao máximo estar fora das conversas que houvesse sobre este assunto. Interessava-lhe saber tudo o que se dizia e queria ir com a Guarda ao terreno, ver o que tinham eles a dizer. Não podia deixar Lurdes sozinha ou corria o risco de a rapariga

208

dizer alguma coisa que pudesse levantar suspeitas. Sabia perfeitamente que ela não ficara convencida com a história da partida súbita da amiga e também sabia que ela era mais perspicaz do que aparentava.

Seguiram os três para o posto da Guarda, onde Januário contou o que acontecera enquanto torcia a boina com as mãos, nervoso e com medo de que alguém julgasse que tinha sido ele a fazer mal à rapariga.

O sargento que estava de serviço fez as perguntas devidas. Ouvira dizer que tinha desaparecido uma rapariga da aldeia, mas na Guarda não deram grande importância ao caso. Não tinha havido queixa formal, portanto a teoria do desaparecimento era apenas um boato, tanto quanto eles sabiam. Seguiram os quatro em direção ao terreno. Se fosse preciso, chamariam reforços, mas, por agora, bastava um guarda para tomar conta da ocorrência. Teria sido certamente um acidente e o processo seria simples dali em diante.

Juliana estava desfigurada. Aqueles dias ao relento, sob o calor alentejano, deixaram-na praticamente irreconhecível. Larvas entravam e saíam de todos os orifícios e tinham já devorado partes da rapariga. O cheiro era nauseabundo e nenhum deles aguentou sem tapar o nariz com a mão.

— Mas que raio...? — O sargento estava surpreendido com o cenário. A rapariga não podia ter ido para ali sozinha e isso significava que alguém a levara. Significava também que alguém sabia que ela estava morta e não tinha participado isso às autoridades.

— O que foi, sargento Matos? — perguntou o padre, cujos batimentos cardíacos começaram a acelerar. Tinha cometido um erro e temia agora pagá-lo bem caro.

— A rapariga não veio para aqui sozinha.

— Tem a certeza?

— Tenho. Tem balsas por cima, era impossível ela meter-se ali de livre vontade.

O guarda não reparara que nenhum dos pontos onde havia espinhos estava isento de sangue, sinal de que a tinham colocado ali já depois de morta. Não reparara também que tinha sido ajeitada, que a saia tinha sido puxada para baixo, tapando-lhe as coxas, como que a evitar que fosse exposta mais carne do que seria aceitável. Percebendo que escaparam ao guarda estes detalhes, monsenhor Alípio pensou que talvez não estivesse ainda perdido.

— O que é que isso quer dizer, senhor guarda? — perguntou Lurdes, que não conseguia ainda entender o que estava a acontecer ali. Conseguira segurar as lágrimas quando vira a amiga, mas sentia-se à beira de um colapso a qualquer instante e nada naquela conversa estava a ajudar.

— Foi morta, Lurdes. Alguém a matou — respondeu o sargento, convicto do que estava a afirmar.

— Ai, meu Deus... mas quem é que seria capaz disso? E porquê? A gaiata nunca fez mal a ninguém... — O comentário de Januário levantou questões diferentes em todos eles. Lurdes sabia quem a tinha matado. O sargento não fazia ideia. O padre parecia distante e ausente, embora estivesse a sentir, pela primeira vez na vida, o poder de um ataque de pânico.

— Consegue perceber como é que ela morreu? — O padre quis saber porque talvez precisasse de inventar histórias para se distanciar de tudo aquilo.

— Tem o pescoço roxo. Acho que foi estrangulada, mas vai ser preciso fazer uma autópsia e só aí é que se vai saber ao certo. Não se importam de ficar aqui enquanto eu vou ao posto chamar mais pessoal? Vamos ter de chamar a Judiciária também — pediu o sargento.

Ficaram os três em silêncio a olhar para Juliana. Lurdes permitiu-se enfim chorar a morte da amiga. Não sabia como lidar com aquilo. Tinha a certeza de que a mão do padre estava no meio daquela história — quem mais teria razões para lhe fazer mal? Ele devia ter apanhado a amiga a vasculhar nas suas coisas. Ou devia ter percebido que ela descobrira alguma coisa acerca de João que era capaz de o incriminar e de o desmascarar. Nunca saberia. A amiga morrera por sua causa e ela nunca saberia o que teria sido descoberto, mas tinha a certeza de que era importante — só isso justificaria uma morte tão cruel.

Quando o sargento regressou com mais guardas, mandaram o padre, Januário e Lurdes embora. Pediram-lhes que se mantivessem em silêncio. Teria de ir um guarda informar os pais de Juliana e, até lá, não era suposto que se soubesse o que acontecera. Claro que as movimentações dos guardas a caminho daquela horta não passaram despercebidas na aldeia, mas podia ser por muitas razões, e ninguém suspeitara que tivesse que ver com Juliana. Não tardaria que começassem as especulações e os boatos, mas nenhum dos três tinha qualquer interesse em espalhar a verdade, pelo que o silêncio estava assegurado.

28

Quando a autópsia certificou que Juliana tinha sido estrangulada, ninguém soube onde procurar. Não havia indícios de nada. Ninguém vira nada estranho por altura da morte dela e nenhuma das provas que foram encontradas junto do corpo levaram a lado nenhum. Haveria de ficar por responder a pergunta que todos faziam. Ninguém ousou desafiar o padre e pressioná-lo para que revelasse o teor da confissão de Juliana. Noutra aldeia, com outro padre, a confissão teria perdido o cariz de sigilo que a salvaguardava de ouvidos alheios. Nesta, o padre continuava a ser intocável.

Quando as autoridades libertaram o corpo, fez-se o funeral. Nunca se vira tanta gente junta para enterrar um corpo naquela aldeia. A maioria das pessoas tinha ido a reboque da curiosidade: era a primeira vez que aparecia alguém assassinado por aquelas bandas — queriam saber como morrera e quem a teria matado. As teorias sucediam-se, nenhuma próxima da verdade. Aparentemente, todas as ideias mirabolantes de que só as aldeias perdidas no interior profundo eram capazes tinham mais probabilidade de ser verdade do que a própria verdade acerca da morte de Juliana. O mais certo era que nunca se chegasse a saber. Nem as mentes mais fantasiosas conseguiriam conceber a ideia de que Juliana tinha sido perseguida pelo padre, que foi atrás dela assim que percebeu que ela encontrara o que tinha ido procurar à sacristia e que, assim que lhe pusera as mãos em cima, a estrangulara até a sentir perder as forças. Não poderiam imaginar que, quando a encontrou caída aos seus pés, tão falha de vida como tudo quanto matara no seu coração, precisou apenas de uns segundos para ordenar ideias, o pânico no lugar mais longínquo de todos, temor nenhum perante o que o esperava, se houvesse Juízo Final, nessa altura acertaria contas; agora era preciso dar destino ao corpo e alinhavar uma história plausível e que não o deixasse sequer perto de ser descoberto. Não saberiam que pegara em Juliana ao colo, o corpo franzino a ser uma bênção, e a levara pela vereda até ao fundo da horta de Januário, que ficava suficientemente longe para não haver ligação à igreja, mas cujo caminho até lá podia ser feito sem que olhos curiosos se apercebessem. Lá chegado, deitou Juliana na zona com mais balsas e, com cuidado para evitar os espinhos, puxou uns braçados para cima do corpo dela, que calhara ficar de borco, a saia quase na cintura, que não fora capaz de deixar assim, puxara-a tanto quanto possível, ao menos que lhe restasse alguma dignidade. Não julgariam que o padre acreditara piamente que aquele esconderijo era perfeito, o tipo de sítio onde ninguém passava, os balsedos enormes vistos de fora, do caminho de terra batida, e, dentro do terreno, nada que justificasse grande aproximação àquela zona, que ficava na ponta oposta ao portão. Não conseguiriam entender que remorso nenhum o tivesse importunado, nem depois de ter regressado à sacristia com a certeza de que ninguém o vira, nem mais tarde, de cabeça posta na almofada e todos os momentos do dia a revisitarem-no como num filme. Julgariam impossível que aquele homem, teoricamente servidor de Deus, apóstolo dos ensinamentos de Jesus, tão isento de pecado quanto possível a um homem que, apesar de servo de Deus, era apenas um homem, fosse capaz de tamanho crime, de tão monstruoso pecado, de tamanha ignomínia. Conhecê-lo-iam, enfim, se soubessem.

Apesar da vasta audiência, monsenhor Alípio tentou fazer daquele funeral apenas mais um enterro. Não alinhou pelo espalhafato, não levantou questões, fez um sermão que colocou Juliana no plano do comum mortal que é acossado por acasos pouco favoráveis. A morte era apenas a morte e chegava a todos. No caso dela, talvez cedo demais, pronto, agora era chorar o desgosto e aprender a viver com a saudade e sem as respostas que, com sorte, não chegariam nunca a aparecer.

Mas havia Lurdes, que sabia que aquela história estava mal contada desde o início. Tinha a certeza de que a amiga tinha encontrado qualquer coisa que poderia pôr em causa a posição de monsenhor Alípio, e não se surpreenderia se descobrisse que a amiga morrera às mãos dele, que prezava mais a sua reputação do que qualquer vida. Juliana tinha morrido por sua causa, por causa do filho que o padre levara para longe de si, por causa de uma violação que ele pudera impedir, mas que escolhera deixar acontecer, por causa de uma série de crimes que poderiam ter sido evitados, se as pessoas valessem mais do que o que poderia pensar-se delas. Sentia-se culpada pela morte da amiga, mas sabia que o único culpado daquilo tudo era aquele homem que chamara a si a responsabilidade de decidir sobre os destinos de uma série de pessoas, como se jogasse xadrez num tabuleiro viciado.

Não podia dizer-se que monsenhor Alípio tenha ficado surpreendido quando viu Lurdes entrar pela sacristia adentro sem sequer bater à porta; sabia que, mais cedo ou mais tarde, a rapariga havia de tentar juntar os pontos e descobrir o que realmente acontecera. Agora era apenas uma questão de perceber até onde ia o conhecimento dela sobre a verdade e de que maneira poderia ludibriá-la para longe desse caminho.

— Eu sei que foi você que a matou.

— Perdão? Estás a falar de quê, Lurdes?

— Da Juliana. Sei que foi o padre que a matou.

— Ai sabes? E como é que tu sabes uma coisa que não é verdade? Conta lá...

— Sei que ela veio aqui à procura de qualquer coisa que nos dissesse onde está o meu filho. O senhor deve tê-la apanhado e, para ela não dar com a língua nos dentes, matou-a. — Lurdes parou por um instante. — E a dona Eulália também foi você. Aquilo não foi um acidente, pois não? Foi você que a matou.

— Sabes que podes arranjar problemas por fazeres esse tipo de acusações sem provas, não sabes? Ou achas que podes vir aqui injuriar-me sem consequências?

— Como é que matou a Juliana? Apertou-lhe o pescoço até ela parar de falar? Depois levou-a daqui para fora e atirou-a para o fundo da horta do senhor Januário sem cuidado nenhum, como se ela fosse um animal qualquer, foi isso? E a dona Eulália... aposto que não tropeçou no tapete e não bateu nada com a cabeça na quina da mesa. A sua sacristia está cheia de estatuetas de bronze que você pode bem ter usado para a matar.

— Tem cuidado com o que dizes, Lurdes... Pensa bem se ganhas alguma coisa com isso...

— Só tenho pena de não ter vindo aqui com a Juliana... Se calhar também estava morta, a esta hora. Mas pelo menos, por um pequeno instante, tinha sabido alguma coisa do meu menino.

— Lá estás tu. Ela não descobriu nada.

— Então porque é que a matou?

— Mas quem é que te disse que eu a matei? Quem é que te disse que alguém a matou?

— Os guardas. A autópsia revelou que ela morreu estrangulada.

— Tu, mais do que ninguém, devias saber que nem sempre se pode confiar nos guardas.

Lurdes engasgou a raiva que lhe trouxe o gosto amargo da bílis à garganta. Sabia, claro, que não podia confiar em toda a gente, por muito importante que fosse a sua posição na aldeia. Padres e guardas eram um bom exemplo disso, e ela conhecia esta verdade na pele.

— Nem todos os guardas são iguais.

— Ainda bem que sabes isso. Também nem todos os padres são iguais, mas às vezes parece que te esqueces.

— Eu sei. Nunca conheci nenhum com a mesma maldade que você tem.

— Lurdes, Lurdes... cuidado com as insinuações...

— Não estou a insinuar nada. Tenho a certeza de que foi o senhor que a matou. Um dia, hei de conseguir provar isso, seja lá como for. A verdade vem sempre ao de cima, não é?

— Às vezes, a verdade não precisa de vir ao de cima, porque é tão óbvia que não se esconde de maneira nenhuma. É o caso. A Juliana morreu sabe-se lá como. E nunca se vai saber, ninguém viu nada, ninguém sabe de nada.

— Como é que tem tanta certeza?

— Não achas que, se fosse para se saber, não se sabia já? Esta terra é pequena, não anda cá gente de fora. Se tivesse sido algum bandido a matá-la, já o tinham apanhado. Os guardas são espertos. Acidentes acontecem, Lurdes. A morte da Juliana não há de ter sido mais do que um infeliz acidente.

Cansada da areia que o padre continuava a atirar-lhe para os olhos, e sem saber exatamente como poderia fazê-lo confessar o homicídio de Juliana, Lurdes sentiu que era altura de voltar a concentrar-se no que era realmente essencial para si, e que custara a vida a Juliana. Precisava de continuar a tentar chegar ao filho, apesar de saber que dificilmente ganharia esse braço de ferro com o padre.

— O senhor continua a esquivar-se de tudo o que acontece à sua volta. Mas já chega. Não fiz mal nenhum, nem a si nem a ninguém. Não mereço que me tenham tirado o meu menino e que não mo devolvam. Já lhe pedi dezenas de vezes que me dê notícias dele, que me deixe vê-lo, que mo traga de volta para eu o criar. Não quero saber se a sua irmã não teve filhos nem se tem muito jeito com crianças. O menino é meu e é com a mãe que ele tem de estar. Tenho mais uma filha a quem não falta nada e ninguém tem o direito de duvidar de mim como mãe. É verdade que ele nasceu sem eu querer, mas eu não o quis fazer e o senhor padre sabe bem o que aconteceu. Podia ter-me defendido, mas lá deve ter achado que ia arranjar problemas para si, se se metesse no meio. Quero que me diga já onde está o meu filho. Quero falar com a sua irmã e quero ir buscá-lo. E se não mo devolver, faço mesmo queixa de si, conto a história toda e ninguém vai olhar para si com os mesmos olhos. A aldeia vai perder o respeito por si, que é coisa que você nunca mereceu.

— Tu queres é estar quieta. Não vais dizer rigorosamente nada a ninguém, vais voltar para casa e vais estar sossegada. Já ficaste sem o João, não queres ficar sem a Luísa também, pois não? Portanto, vais sair daqui e vais voltar à tua vida. Não vais fazer perguntas, não vais fazer queixas a ninguém. Porque ninguém ia acreditar em ti, Lurdes. É a tua palavra contra a minha e não te esqueças de quem eu sou. Este assunto acaba aqui. Sugiro que não levantes poeira onde não deves, ou nunca mais sabes mesmo nada do menino. Se ficares calada, ainda te posso ir dando notícias de vez em quando, se for sabendo dele. Se abrires a boca, nunca mais sabes nada dele e a Luísa... bom, não é muito difícil tirar-ta também. Tu é que sabes...

— Está a ameaçar-me? O que é que vai fazer à minha filha? O mesmo que fez à Juliana e à dona Eulália?

— Por exemplo. Entende como quiseres. Estou a dizer-te que não vais fazer nada contra mim, porque o que tens a perder é muito mais do que o que tens a ganhar.

Lurdes parou um instante, limpou o suor frio das mãos à saia e virou-se para sair sem dizer mais uma palavra. Ficar sem Luísa era inconcebível. Nunca imaginara que o padre, apesar da maldade que lhe conhecia, fosse capaz de atentar contra a menina, mas agora sabia do que ele era realmente capaz e não podia correr riscos. Não às custas da vida da filha, pelo menos.

Monsenhor Alípio sabia que seria difícil, senão mesmo impossível, provar qualquer uma das alegações de Lurdes. Só não sabia se estava disposto a correr esse risco. Vira no olhar de Lurdes uma centelha de medo, mas não tinha a certeza se isso seria suficiente para a manter calada. Teria de dar a Lurdes qualquer coisa que a acalmasse, pelo menos por algum tempo. Pegou no telefone e ligou para a irmã. Ouviu ao fundo o filho de Lurdes a gritar e a rir à gargalhada. O garoto estava bem e ele nunca duvidara das qualidades da irmã enquanto mãe adotiva. Nunca lhe contara tudo acerca daquele menino que lhe levara para que o criasse. E ela, demasiado ávida por um filho que a vida se recusara a dar-lhe, aceitara o presente sem o questionar, certa de que eram esses os desígnios de Deus, que a achara merecedora de um filho que, não tendo sido gerado por si, seria amado como se tivesse sido.

Passados os cumprimentos mais ou menos demorados, com uma ou outra história do garoto pelo meio, monsenhor Alípio foi direto ao assunto.

— Isaura, preciso que me faças um favor.

— Diz lá, meu irmão.

— Preciso que escrevas uma carta para a mãe de sangue do menino.

— Porquê? Ela quer o menino de volta? Não me digas uma coisa dessas… Não me digas que me vão tirar o meu João…

— Ninguém te vai tirar o menino, fica descansada. Preciso só que lhe escrevas a dizer que ele está bem. Conta duas ou três coisas sobre o gaiato, manda uma fotografia, se puderes. Ela há de sossegar. Coitadinha, teve outra bebé e agora arrependeu-se de ter dado esse para ser criado por ti. Mas sabe que ele está melhor contigo, sabe que não teria condições para dar aos dois mais do que o essencial.

— Tens a certeza? E se depois ela fica ainda com mais vontade de o ter de volta? Eu morro sem o menino, Alípio, tu sabes que eu morro.

— Já te disse para estares descansada. Não vai acontecer nada de mal. É só para ver se ela sossega um bocadinho, coitada. Tem andado com uns humores... diz a mãe dela que, por causa disto, só chora e não tarda fica sem leite para a bebé. Eu não percebo nada disto, mas acho que não te custa muito escreveres uma carta, não é?

— Não, claro que não. Eu escrevo, não te preocupes. Mando para ti e tu entregas-lha, está bem assim?

— Faz isso, sim. Eu cá me arranjo com a rapariga.

— Quando é que nos vens visitar? Não te vejo desde que mo vieste cá trazer.

— Eu sei. A ver se vou aí assim que puder. Isto aqui tem andado complicado, esta gente arranja problemas onde parece impossível que eles apareçam. Sem mim aqui na aldeia, isto havia de ser o bom e o bonito. Se não sou eu a ter mão nisto, Isaura...

— Tu nasceste com o dom de Deus, meu irmão. Ainda bem que Ele te puxou para o Seu caminho. Estás onde tens de estar, não há dúvida nenhuma.

— Pois não. Bom, tenho coisas a tratar e o telefone está muito caro. Escreve lá a carta e manda-me isso o quanto antes, se fizeres favor. Tem só cuidado para não escreveres nada que a faça sentir-se culpada por ter dado o filho para ser criado por outra pessoa. Vais ver que ela fica agradecida por tudo o que tens feito pelo menino dela. Se não fosses tu, sabe Deus o que seria dessa criança.

Haveria de entregar a carta a Lurdes e, com sorte, isso bastaria para que a rapariga desistisse da ideia de o denunciar a ele e ao pai da criança. Não sabia exatamente até onde chegaria a mão de ferro com que geria aquela aldeia, e temia que tudo começasse a cair como um castelo de cartas. Precisava de ganhar tempo e de assegurar a sua posição. Não se imaginava a viver coberto de vergonha, ainda que continuasse a acreditar que não fizera mais do que o necessário para manter intacta a vida naquela aldeia. Cabia-lhe a si, enquanto líder religioso, zelar pelos bons costumes e pela sanidade daquela gente. E cabia-lhe a si, enquanto homem, garantir que chegava ao fim da vida sem mácula pública, continuando a ser visto como um homem exemplar que sempre conduzira as almas do seu rebanho de forma impoluta.

29

Viseu, 30 de Julho de 1973

Menina Lurdes,

Sou Isaura, irmã do senhor padre Alípio. Estou a cuidar do João desde que o meu irmão mo trouxe, pequenino e indefeso, para ser criado por mim. Não se preocupe que o menino está bem.

Deus, Nosso Senhor, não me deu a graça de ter um marido e, com isto, também me tirou a oportunidade de gerar um filho, que era o que eu mais queria na vida. Desde que me lembro de ser gente que me imagino grávida a não conseguir mais suportar o peso da barriga, mas sempre tão feliz com tamanha bênção. Infelizmente, não pude saber o que isso era quando era nova e agora, que tenho quase cinquenta anos, menos ainda hei-de saber. Já nem tenho esperanças de arranjar um marido. Quem é que havia de querer casar com uma velha ressequida como eu?

A minha grande alegria é o João. É o menino mais doce e meigo que conheço, sabe? Porta-se sempre bem, menos quando faz as traquinices próprias da idade e desobedece a *tudo o que lhe digo. Mas é a minha única alegria e eu faço tudo o que posso para o ver feliz, mesmo que, às vezes, isso signifique deixá-lo fazer disparates. É só uma criança, não é?*

Começou a andar cedo, tinha acabado de fazer um ano. Já andava agarrado aos móveis há um tempo e um dia largou-se do aparador e veio direito a mim, deu meia dúzia de passos e nunca mais parou. Não há quem o agarre e passo a maior parte do dia a correr atrás dele, com medo que me caia para aqui em casa ou no quintal e se aleije. Até agora nunca aconteceu, mas ele é matreiro e não me deixa sossegar.

Já vai dizendo umas coisas que se percebem mais ou menos, mas demorou muito a conseguir falar de maneira a que eu o entendesse. Era trapalhão, sabe? E eu sabia sempre o que ele queria e ele se calhar lá achava que não era preciso falar. São espertos, os miúdos. O meu irmão contou-me que tem agora uma menina. Espero que desta vez possa ser mãe por inteiro e que não precise de ficar sem a sua bebê. Só eu sei a dor que sentiria no meu peito se me levassem daqui o meu João. A gente habitua-se a estes pequenos e depois já não sabe viver sem eles, não é?

Mando-lhe uma fotografia dele. Não é muito bonita, mas não temos muitas ocasiões para as tirar e, mesmo que tivéssemos, ele nunca pára quieto e é quase impossível apanhá-lo bem. Nesta tinha dois anos e meio e estava agarrado ao coelho que comprei para lhe dar, quando ele cá chegou. Dorme sempre agarrado a ele e ai de mim que me lembre de o lavar e de não o ter seco à hora de ele se deitar! É cá um berreiro que nem queira saber!

Despeço-me desejando-lhe a si e à sua família tudo quanto há de melhor. Que tenha sempre saúde para criar a sua menina e que nunca lhe falte trabalho nem comida para pôr na mesa. Espero que ela cresça saudável e feliz e desejo o mesmo para os filhos que possa vir a ter. O meu irmão contou-me que a menina Lurdes é muito novinha e Deus, Nosso Senhor, há-de dar-lhe as graças que não me deu a mim.

Com amizade,
Isaura

TERCEIRA PARTE
1992

30

Foi como se o mundo inteiro se alinhasse e retomasse o eixo de onde nunca deveria ter saído. Isabel pousou a carta, ainda trémula e incrédula. Entre os diários da mãe, que lera de uma ponta à outra, aquela carta era, ao mesmo tempo, o fechar de um ciclo — porque percebera a teia bem apertada que o padre criara em torno deste irmão que acabara de descobrir — e o abrir de uma porta que ela teria um dia de percorrer — agora que sabia da existência de João, haveria de revirar o mundo, se fosse preciso, para o encontrar. Então era aquilo; era esta a história da mãe. Não poderia nunca ter imaginado como seria possível sobreviver a tanta maldade, a tanto engano, a tanto crime, tudo em nome da reputação de uma série de pessoas cujos telhados de vidro se estilhaçariam sobre as suas cabeças ao ínfimo toque de uma pedra de gravilha.

Entendia agora os silêncios e a maneira quase anestesiada como a mãe vivia. Percebia o amor que tinha pelas filhas e percebia também a necessidade quase urgente que tinha de as manter a uma distância de segurança, como se não quisesse apegar-se demasiado, como se tivesse medo de as perder e, conhecendo bem o sofrimento que é viver longe de um filho, quisesse proteger-se.

Percebia agora a forma como o pai lidara com elas e o amor carregado de mágoa que tinha pela mulher. Ele fora a salvação de Lurdes e, ao mesmo tempo, não conseguira salvá-la.

Era como se, à medida que os anos foram passando, a culpasse cada vez mais por tudo o que ela passara e que não era, de todo, culpa dela. Acabara os seus dias numa angústia maior do que ele, incapaz de ver nos olhos da mulher um brilho feliz. Sabia que, fizesse o que fizesse, não importava quão bom marido e pai se esforçasse por ser, nunca seria capaz de dar à mulher a felicidade que lhe fora roubada um dia.

Entendia também a distância dos avós e, consequentemente, dos tios. Tinha sido mais fácil afastarem-se de Lurdes e fazerem as vidas em direções opostas do que lidarem constantemente com a mácula de que ela fora vítima. Percebia que tinha sido mais simples para toda a gente seguir caminhos diferentes, quase como se não se conhecessem, quase como se não houvesse sangue comum a correr-lhes nas veias. A mãe habituara-se a viver assim, sozinha, quase castigada por um crime que não cometera. Carregava a mágoa de não ter sido capaz de resgatar o filho e sentia que tinha sido a pior mãe do mundo ao permitir que lhe levassem o menino dos braços.

Agora sabia quem era o padre e percebia porque nunca gostara dele. Sempre achara que havia nele uma centelha de maldade, e não se enganara. Tudo nele era vicioso e conspurcado, e aquele homem era a última pessoa que deveria dizer-se servo de Deus.

Duvidava de tudo em quanto acreditara até ali. Descobrira, aos dezoito anos, que as mentiras são novelos que se enleiam sem critério, desde que se mantenha a teia apertada para não deixar escapar nenhuma ponta que possa soltar-se. Reconhecia em si a impetuosidade da mãe e a maneira como não se subjugava ao que era esperado. Temia que um dia, como a mãe, acabasse por baixar as armas e desistir da guerra. Sabia agora para onde tinha de ir e o que tinha de fazer. Sabia que haveria de abraçar a mãe com a força de todos os filhos juntos e como, apenas com esse abraço, ela saberia. Não desistiria enquanto não devolvesse à mãe o que lhe pertencia. Sabia que o irmão, homem feito de vinte e poucos anos, podia não querer saber delas para nada. Tinha sido criado longe, crescera numa família que havia de lhe ter contado uma história que não seria a verdadeira, mas na qual ele acreditaria por não ter razões para duvidar. Talvez soubesse só que fora criado por uma mulher que não pudera ter filhos e que a sua mãe biológica não tivera condições para o criar. Ou talvez acreditasse que aquela mulher, aparentemente demasiado velha para parir, era a sua mãe verdadeira. Não sabia nem tinha como saber. Por enquanto.

31

Arrumou tudo o melhor que conseguiu, sem se preocupar em não ser descoberta. Já havia segredos suficientes por ali e estava na altura de lidar com a verdade. Não havia razão para fingir que não conhecia a história da mãe, e só havia uma pessoa com quem poderia falar sobre ela.

— Mãe, foi o monsenhor Alípio que matou a dona Eulália, não foi?

Lurdes parou o que estava a fazer, baixou a cabeça e inspirou profundamente, soltando depois o ar muito devagar. Na sua cabeça, uma torrente de pensamentos tentava encontrar um caminho que fizesse sentido.

— Eu encontrei os diários. E a carta...

Lentamente, Lurdes virou-se para Isabel. As mãos trémulas denunciavam um coração que batia, galopante.

— A carta...?

— Sim. Sobre o meu irmão.

— Isabel... Não devias ter andado a mexer nisso. Pedi-te tanto que deixasses esse assunto sossegado...

A derrota na voz de Lurdes fez com que Isabel avançasse devagar. Procurou a mão da mãe, que apertou entre as suas, enquanto falava.

— Mãe, não tem mal. Percebi muita coisa que nunca poderia ter imaginado. Tenho muita pena do que passaste, não imagino sequer... Só que preciso de entender a morte da dona Eulália. Se não houvesse nada de mal, a aldeia inteira não se teria fechado em copas sobre esse assunto. A única coisa que faz sentido é ter sido o padre a matá-la.

— Sim... acho que foi ele. Nunca se descobriu ao certo, mas só pode ter sido. O que ele disse a toda a gente foi que ela tropeçou na igreja e bateu com a cabeça, mas aquilo foi uma coincidência muito estranha.

— As pessoas acreditaram nele?

— As pessoas acreditam em Deus. E tudo o que vem com o carimbo da Igreja acaba por pesar mais. Tu sabes que isto é um sítio pequeno. Aqui não se desafiam as autoridades. Ninguém quer ficar malvisto. Imagina o que seria acusar o padre sem provas...

— Mas nunca se investigou?

— Achas que a Guarda se quer meter com a Igreja? Claro que não. Aqui o padre sempre foi o dono disto tudo, ninguém manda mais do que ele. Se ele diz que a senhora tropeçou, é porque foi isso que aconteceu. Não é suposto um padre mentir. — Lurdes olhava finalmente Isabel nos olhos, já sem medo, sem nada a esconder. Talvez fosse mesmo altura de assumir tudo e aceitar o que viesse a seguir.

Isabel quis dizer à mãe que ia procurar o irmão, mas receou que isso abrisse novamente uma ferida já sarada no coração dela. Não lho disse, mas soube o que tinha de fazer. Abraçou a mãe com força e, na sua cabeça, prometeu-lhe que um dia haveria de lhe devolver a felicidade roubada. Lurdes rendeu-se ao abraço da filha e chorou no ombro dela todas as lágrimas que engoliu durante duas décadas. Chorou pela violação, pela inércia dos pais, pelo poder do padre, pelas pessoas que tiveram de morrer para que aquele homem não fosse acusado de nada. Sabia que não havia injustiça maior do que esta, mas não havia muito que pudesse fazer. Durante anos, o padre mantivera João longe da mãe e nunca dera a Lurdes mais do que notícias esparsas que a mantiveram calada, com medo de deixar de saber do filho para sempre.

— E o João, mãe?

— Não sei, filha. Tive tanto medo de perder a Luísa e depois de te perder a ti que acabei por me render ao que o padre fez. Quero acreditar que ele foi bem tratado e que se tornou um homem como deve ser.

— Não soubeste mais nada dele?

— De vez em quando, o padre lá me ia dizendo que ele estava bem. Sei que está a estudar no Porto, mas não sei mais nada.

— Talvez consigamos encontrá-lo, mãe. O padre já não tem poder nenhum sobre ti. Já não nos pode fazer mal, nem a mim, nem à Luísa.

— Aquele padre é capaz do pior, filha.

Isabel sabia que só uma mulher muito forte teria mantido o silêncio ao invés de arriscar perder ainda mais do que já tinha perdido. Não pudera fazer nada para proteger João, mas teria feito o que fosse preciso para salvar Luísa, mesmo que isso significasse manter-se calada.

32

Voltou ao cemitério no dia seguinte. Antes de ir, colheu flores à beira do poço. Sentou-se por uns instantes na pedra da campa de Eulália. Agora sabia como tudo acontecera e percebia por que razão a história não fazia parte dos temas recorrentes na aldeia. Ninguém quisera acusar o padre, mas aquela morte inusitada na sacristia levantara suspeitas. Fosse ele um homem menos aguerrido e de certeza que teria havido burburinho. Isabel começava a entender o medo que toda a gente tinha daquele homem. Era impossível que ele conhecesse os segredos da aldeia inteira, porque era impossível que aquela aldeia em particular fosse um antro de segredos. Eram pessoas sem ruindade, que levavam a vida entre a casa e o campo, sem ambições que as empurrassem para longe dali. Nem os jovens da idade de Isabel faziam muita questão de se afastar, porque aquele era o mundo que conheciam, e tudo o que estava demasiado longe era insuportavelmente assustador. Rezou uma pequena oração por Eulália e agradeceu-lhe em surdina por ter tentado ajudar a mãe. Lamentou por Maria Aurora, que ficou órfã por causa de uma busca infrutífera. Era como se aquela morte não tivesse valido de nada e, por isso, fosse ainda mais difícil de aceitar. Depois, foi ao encontro de Juliana. A mãe não poderia ter tido uma amiga melhor do que aquela, que, sem querer, dera a vida por ela. Enfrentara o padre, mostrara-lhe que ele era mais vulnerável do que imaginava, e acabara assassinada por causa disso. Até hoje, não se conseguira provar nada, mas Isabel, tal como Lurdes, sabia a verdade. Tinham passado já demasiados anos e de nada adiantaria pedir a exumação do corpo. De Juliana restavam apenas as ossadas, e, mesmo que houvesse ainda resquícios do tecido com que a vestiram para o enterro, nada teria vestígios do padre. A raiva enrolava-se em Isabel como uma hera e minava-a de uma forma que a sufocava. Era como se a história estivesse a pontos de se repetir. Tinha a certeza de que, mais cedo ou mais tarde, acabaria por confrontar o padre para lhe exigir explicações. Estava também ciente de que dificilmente conseguiria o que queria, mas ao menos ele saberia que fora descoberto e que a sua teia de mentiras havia de desenrolar-se em breve, expondo tudo quanto fizera. A aldeia havia de conseguir ver finalmente quem era aquele homem que, durante tantos anos, se sentara aos comandos daquelas vidas.

Foi à campa do pai, onde se demorou mais um pouco. Agradeceu-lhe por ter sido o ombro de que a mãe precisara na altura em que estivera mais sozinha, abandonada por toda a gente, como se a culpa fosse sua. Falou com ele e disse-lhe que entendia agora toda a mágoa e todos os medos. Agradeceu-lhe por ter tentado ser o melhor pai que conseguia e lamentou não terem tido mais tempo juntos. Sentia a angústia em crescendo e deixou que as lágrimas escorressem. Chegara a altura de expurgar tudo quanto a inquietara durante tanto tempo. Percebia que acabava ali a sua infância e que era agora tempo de assumir a rédea do que ainda fosse possível fazer. Queria devolver à mãe os sorrisos que a vida lhe roubara. Aquela mulher merecia que a sua luta não terminasse enquanto não voltasse a ver o filho, ainda que pudessem faltar anos para isso acontecer. Isabel, cuja ambição sempre fora estudar e sair daquela aldeia, sabia agora que havia um motivo para ficar.

Deixou o cemitério em silêncio, os pensamentos em desordem a quererem alinhar-se. Tinha tempo. Tinha a vida inteira e não descansaria enquanto não pusesse tudo no devido lugar. Puxou o portão, que chiou pela falta de óleo nas dobradiças, deu duas voltas à chave e olhou uma última vez para aquelas árvores altas cujas sombras desciam já sobre as campas numa despedida suave de final de tarde.

Agradecimentos

Esta história partiu de memórias antigas, que são uma parte importante de mim. O lugarejo e a aldeia não existem, tal como os conto, mas são inspirados nas duas aldeias onde a minha família tem as suas raízes. As situações aqui descritas são pura ficção, embora, a espaços, haja cenas que aconteceram exatamente assim. Talvez o leitor consiga identificá-las. Nenhuma das personagens deste livro existiu de fato, mas muitas têm detalhes de pessoas que fazem parte da minha história. Usei alguns nomes em forma de homenagem àqueles lugares e a algumas das pessoas mais importantes da minha vida, ainda que, na história, as personagens não tenham a mesma importância. No fundo, como acontece na ficção, este livro é um jogo de espelhos onde muitos de nós poderemos ver refletida parte da nossa história.

Este livro nasceu de uma imagem. Por isso, o meu primeiro agradecimento é para o Sérgio Dias Santos, exímio fotógrafo que ligou o interruptor que deu origem a estas páginas. Sem aquela fotografia, *O lugar das árvores tristes* continuaria a ser apenas uma ideia difusa, perdida no meio de milhares de histórias que um dia hão de ser escritas.

Agradeço aos meus pais por tudo, mas também pela terra, esta terra que é tanto de mim. Apesar de não ter nascido lá, e de nunca lá ter vivido, sou do Alentejo e aquela terra é um dos meus lugares mais felizes.

Aos meus filhos, Leonor e André, pelas horas em que abdicaram de mim para que pudesse escrever. Este livro é vosso — e a terra também.

Ao Vítor, que viu nascer esta história e a incentivou.

À Lia, a irmã que eu não tive, pelas fotografias, pelos momentos, por me ter mantido os pés no chão.

À Sofia, o outro vértice deste trio, que me viu crescer por caminhos inusitados e que nunca duvidou.

Ao Mário, amigo-irmão que nunca me deixou cair, que me aplaude sempre e que me faz querer escrever sempre mais e melhor, mesmo quando eu não encontro palavras.

Ao Manuel Silva Jorge, companheiro de escrita e amigo com quem as conversas sobre livros são sempre tão sumarentas, obrigada pelas horas de escrita a quatro mãos, pelas gargalhadas e por acreditares mais em mim do que eu própria.

Às minhas incríveis leitoras das versões iniciais (que estavam ainda tão longe deste livro), por me terem aplaudido e corrigido inúmeras vezes. Sem vocês, este livro seria um amontoado de falhas que se tornaria tortura para qualquer editor. Obrigada pela vossa generosidade e honestidade, Vanessa Marchante, Susana Carvalho, Vera Reis, Ziza Almeida, Cátia Gonçalves Costa, Filipa Moreira Aguiar, Catarina Andrade, Filipa Santos Lopes, Margarida Vaqueiro Lopes, Helena Magalhães, Ana Amorim e Susana Almeida. Tenho a certeza de que estou a esquecer-me de alguns nomes — perdoem-me, por favor.

Às inúmeras pessoas que, durante estes oito anos, se cruzaram comigo e acreditaram nesta história, e que nunca me deixaram desistir.

Ao Daniel, que celebrou comigo e que tanto me ajudou na reta final, tornando tudo mais fácil e mais valioso. Espero por ti nos próximos livros.

Ao João Tordo, meu escritor preferido e mentor, que me incentivou a levar esta história por diante e que me fez acreditar que, um dia, este livro iria acontecer. É a ti que o João desta história deve o nome, e não poderia tê-lo batizado melhor. Obrigada pelos ensinamentos, pelo legado, e, acima de tudo, por me ensinares a escrever através dos livros que tu próprio escreves.

Por fim, agradeço do fundo do coração às minhas editoras, Marta Miranda e Cátia Simões. À Cátia, por ter acreditado e dado o primeiro passo para que este livro encontrasse a sua casa. À Marta, por me ter aberto a porta e por ter lutado tanto por este livro. A ambas, pela entrega com que o leram e por tudo quanto me ajudaram a melhorar nestas páginas. Vocês salvaram este livro e eu não poderia estar mais feliz com o resultado final.

A si, leitor deste livro, que lhe pegou numa livraria algures e quis conhecer *O lugar das árvores tristes*, obrigada. Espero voltar a encontrá-lo nas páginas do próximo livro.

Copyright © Lénia Rufino
Publicado pela primeira vez em Portugal
pelo Grupo Editoirial Presença, 2021.

Editora Carla Cardoso
Capa Rodrigo Sommer Design

Dados Internacionais de Catalogação na Publicação (CIP)
(Câmara Brasileira do Livro, SP, Brasil)

Rufino, Lénia

O lugar das árvores tristes / Lénia Rufino — Rio de Janeiro, RJ : Livros de Criação : Ímã editorial : 272 p; 21 cm.

ISBN 978-65-86419-28-3

1. Romance português. I. Título

22-133630   CDD 869.3

Índices para catálogo sistemático:
1. Ficção : Literatura portuguesa   869
Eliete Marques da Silva - Bibliotecária - CRB-8/9380

Ímã Editorial | Editora Meia Azul
www.imaeditorial.com.br